AF674107

गीता
ज्ञानसागर

जिसने पढ़ ली गीता, वह जीवन में जीता

अपने संबंधियों को उपहार देने हेतु आप 'गीता ज्ञानसागर' **GITA GYANSAGAR** निम्नांकित वेबसाइट्स से प्राप्त कर सकते हैं–

1. flipkart.com
2. amazon.in
3. snapdeal.com
4. rediff.com
5. paytm.com
6. prabhatbooks.com

गीता ज्ञानसागर

सुनील बाजपेयी 'सरल'

ज्ञान गंगा, दिल्ली

प्रकाशक : ज्ञान गंगा, 205-सी चावड़ी बाजार, दिल्ली-110006
सर्वाधिकार : सुरक्षित / संस्करण : 2018 / मूल्य : तीन सौ रुपए
मुद्रक : नरुला प्रिंटर्स, दिल्ली ISBN 978-93-82901-53-2

GITA JNANSAGAR *by* Sunil Bajpai 'Saral' ₹ 300.00
Published by Gyan Ganga, 205-C Chawri Bazar, Delhi-110006

जिन डालों का आश्रय लेकर,
जीवन की बेल फैलती है।
जिनका आशीर्वाद मिले तो,
ईश्वर की कृपा बरसती है॥

जिनके स्नेह की सरिता में,
मैं डूब-डूब सुख पाता हूँ।
उन्हीं माता-पिता को अपने,
यह काव्य समर्पित करता हूँ॥

प्रस्तावना

मुनिवर व्यास ने चार वेदों व संपूर्ण आर्ष-ज्ञान का मंथन करने के उपरांत महाभारत की रचना की। महाभारत रूपी समुद्र का मंथन करने से प्रकट हुई 'गीता' और 'गीता' का मंथन करके भगवान् श्रीकृष्ण ने उसके अर्थ का सार अर्जुन के मन में डाल दिया। इस अर्जुन का मन मेरा भी है, आपका भी है और इस सृष्टि में सभी का है—यदि हम इसके भाव को अपने जीवन में धारण कर सकें।

श्रीकृष्ण की यह दिव्य वाणी सागर-मंथन से प्राप्त हुआ अमृत है। इस अमृत की एक बूँद ही दुरूह मानव जीवन का कल्याण कर सकती है। विश्व कल्याण की बात, राष्ट्र कल्याण की बात, समाज कल्याण की बात और उस बात को स्थापित करने के लिए बहुत सी बहसों की भी आवश्यकता न पड़े, यदि मानव में 'गीता' का ज्ञान प्रकाशित हो जाए। सब अपने-अपने धर्म-कर्म को समझकर लोकहित में रत हो जाएँ। मन में लोकहित का भाव होगा तो निज का कल्याण स्वयं हो जाएगा। लोकहित का नियम समाज के कर्णधारों से चलकर आम व्यक्ति तक पहुँचे तो दूसरे के कर्मों की दुहाई देने की बात कहाँ रह जाएगी।

गीता में दुरूह बन रहे जीवन की हर जटिल समस्या का समाधान छिपा है। इस समाज को एक नए रूप में गीता-ज्ञान की निरंतर आवश्यकता है। इस गीता-ज्ञान को सरल शब्दों में पिरोने का प्रयत्न सदियों से होता आया है। प्रस्तुत कृति में श्रीकृष्ण के भाव, श्रीकृष्ण के शब्द सरल काव्यात्मक भाषा में निरूपित करने का पुण्य पुरुषार्थ किया गया है।

गीता को विश्व की सबसे प्राचीन जीवित संस्कृति, भारत की महान् धार्मिक सभ्यता के प्रमुख साहित्यिक प्रमाण के रूप में देखा जाता है। गीता के अनेक स्थलों पर शंकराचार्य, रामानुजाचार्य आदि आचार्यों ने विभिन्न संदर्भों में अर्थ किए ही हैं; लोकमान्य तिलक, महात्मा गांधी, डॉ. सर्वपल्ली राधाकृष्णन आदि आधुनिक व्याख्याताओं ने अनेक पहलुओं को लेकर गीता की व्याख्या की है।

गीता का उपदेश हमारे दैनिक जीवन में पग-पग पर, विशेषत: संकटमय परिस्थिति तथा निराशा एवं भ्रांति की मानसिक अवस्था में, सच्चे मित्र की भाँति सच्चा सहारा देता है। गीता का एक-एक वाक्य हमें आत्मसजग बनाकर जीवन में क्रांतिकारी परिवर्तन लाता है। हम जितना भी उसका अनुशीलन करेंगे, उतना ही हमारा कल्याण हो सकेगा।

श्री सुनील बाजपेयी ने पूरी निष्ठा, ईमानदारी, गंभीरता एवं विद्वत्ता से गीता को सरल भाषा में काव्य रूप में 'गीता ज्ञानसागर' नाम से प्रस्तुत किया है। मेरा विश्वास है कि नियमित रूप से श्रद्धापूर्वक 'गीता ज्ञानसागर' का पाठ करनेवाले सत्पुरुष निश्चय ही भगवतकृपा प्राप्त करेंगे। 'गीता ज्ञानसागर' का श्रद्धापूर्वक पठन-पाठन, श्रवण, चिंतन-मनन व आचरण व्यक्ति एवं विराट् जनसमाज का लौकिक एवं आध्यात्मिक कल्याण कर सकता है।

स्वामी रामदेव

(स्वामी रामदेव)

भूमिका

गीता का ज्ञान सार्वभौमिक एवं सार्वकालिक है। श्रीकृष्ण द्वारा अर्जुन को उपदेशित यह ज्ञान हर युग में मनुष्य के जीवन-मार्ग पर पथ-प्रदर्शक का कार्य करता रहा है। महाभारत में जैसी स्थिति अर्जुन के सम्मुख उपस्थित हुई थी, लगभग वैसी ही स्थिति हर व्यक्ति के जीवन में समय-समय पर उपस्थित होती रहती है। अगर गहराई से सोचें तो हम पाएँगे कि ऐसी स्थितियाँ समय-समय पर नहीं, बल्कि लगभग प्रतिदिन ही हमारे सामने आती हैं। हर मोड़ पर हमारे सामने दो रास्ते खड़े होते हैं—एक मोह का, दूसरा धर्म का। व्यक्ति अगर समझ पाए कि कौन सा रास्ता धर्म का है और कौन सा मोह का, तो वह अवश्य धर्म का ही रास्ता चुनेगा। परंतु विडंबना यह है कि रोजमर्रा के जीवन में यह निर्णय कर पाना कि क्या धर्म है और क्या मोह, सरल नहीं है। इस दृष्टि से गीता का ज्ञान हमारे लिए बहुत उपयोगी है। अगर इस ज्ञान को आत्मसात् कर लिया जाए तो हमें जीवन के पथ पर सही दिशा चुनने में बहुत सहायता मिलेगी।

श्रीमद्भगवदगीता की रचना हजारों वर्ष पूर्व हुई है। हर युग में विद्वानों ने गीता के ज्ञान की उपयोगिता को समझकर अपने देशकाल की परिस्थितियों के अनुरूप इसकी विवेचना की है। बहुत से विद्वानों द्वारा की गई टीकाएँ आज भी उपलब्ध हैं और गीता के संदेश को समझने में सहायक हैं। परंतु इनमें से अधिकाधिक टीकाएँ अत्यधिक सारगर्भित और जटिल हैं तथा एक सामान्य व्यक्ति के लिए उनको समझना और उनमें निहित ज्ञान को आत्मसात् कर पाना सरल नहीं है। साथ ही साथ, चूँकि गीता की विषयवस्तु दार्शनिक

है, एक साधारण मनुष्य के लिए उसके प्रति रुचि पैदा कर पाना कठिन है। इन्हीं बातों को ध्यान में रखकर मैंने गीता का अनुवाद यथासंभव सरल शब्दों में करने का प्रयास किया है। साथ ही इस अनुवाद को छंदों के रूप में प्रस्तुत किया है, ताकि पाठक को इसमें रस की प्राप्ति हो और वह बार-बार पठन करने की ओर आकृष्ट हो।

मैंने इस बात का प्रयत्न किया है कि मूल संस्कृत श्लोकों से अनूदित छंदों का अर्थ यथासंभव मूल श्लोकों के अर्थ से तनिक भी भिन्न न हो। इसलिए हर श्लोक के लिए एक अलग छंद की रचना की गई है। छंद की सीमित परिधि के अंदर ही मूल श्लोक का संपूर्ण अर्थ समाहित करने का प्रयास किया गया है। अत: गीता ज्ञानसागर को पढ़ना मूल श्रीमद्भगवदगीता को पढ़ने के समान होगा।

हर छंद के लिए एक ही प्रकार के छंद--विन्यास का प्रयोग किया गया है। अत: इन छंदों को गाकर भी इनका आनंद लिया जा सकता है।

धन्यवाद।

भवदीय,

—सुनील बाजपेयी 'सरल'

आभारोक्ति

इस पुस्तक को लिखने की प्रेरणा देने से लेकर इस कार्य की समाप्ति तक विभिन्न व्यक्तियों ने मेरे साथ बहुत सहयोग किया है और उनके प्रति आभार व्यक्त करना मेरा नैतिक उत्तरदायित्व है।

सन् 2013 के जुलाई माह में श्री प्रेम गर्गजी, जो कि मोहाली (पंजाब) निवासी हैं, मुझसे मिलने मेरे कार्यालय में पधारे थे। बातों-बातों में उन्होंने सुझाव दिया कि मुझे कोई पुस्तक लिखनी चाहिए, जिसके माध्यम से गीता का ज्ञान एक साधारण व्यक्ति को भी सरलता से उपलब्ध हो सके। उसके बाद ही मैंने इस विषय में सोचना आरंभ किया और अंतत: गीता को हिंदी छंदों के रूप में अनूदित करने का निर्णय लिया। मैं श्री प्रेम गर्गजी का आभारी हूँ कि उन्होंने मुझे प्रेरित किया और मेरा उत्साह बढ़ाया।

मैंने करीब 15 जुलाई, 2013 से इस कार्य को प्रारंभ किया और 14 अक्टूबर 2013 को विजयदशमी वाले दिन तक पहला प्रारूप तैयार हो गया था। इसके पश्चात् मैंने हर श्लोक का दोबारा से अध्ययन कर अपने प्रारूप को सुधारने का कार्य किया, जो कि दिसंबर 2013 में पूर्ण हुआ। तत्पश्चात् इसका टंकण आदि का कार्य चलता रहा।

इस दौरान श्री के. एलेक्स, जो कि मेरे कार्यालय में मेरे साथ कार्यरत थे, ने प्रारूप को सँभालने और कागजों के रखरखाव हेतु बहुत सहयोग किया। मैं उनका आभारी हूँ।

पुस्तक के टंकण के लिए सर्वप्रथम श्री बाबू लाल मीणा ने अपनी सेवाएँ दी और मैं उनका भी आभारी हूँ। उसके बाद श्री प्रभु दयालजी ने टंकण का

कार्य पूरा किया और पुस्तक के संपादन हेतु अथक प्रयास किया। उन्होंने कई बहुमूल्य सुझाव भी दिए, जिससे काव्य की भाषा में निखार आया। मैं श्री प्रभु दयालजी का बहुत आभारी हूँ और कहना चाहता हूँ कि अगर उन्होंने सहयोग न किया होता तो यह कार्य इतने कम समय में पूरा नहीं हो सकता था।

इस कार्य को पूरा करने के लिए मेरे माता-पिता (श्रीमती विमला बाजपेयी और श्री राम लखन बाजपेयी) ने मेरा उत्साहवर्धन किया, जिससे मैं इस कार्य को पूरी लगन से करता रहा। जब भी कोई अध्याय पूरा होता था तो मैं उसे पढ़कर अपने माता-पिता को दूरभाष पर ही सुनाता था। उनके ध्यानपूर्वक सुनने और बहुमूल्य सुझाव देने से मुझे ऊर्जा मिलती रही और अपने व्यावसायिक और पारिवारिक उत्तरदायित्वों के होते हुए भी, इस कार्य को पूरा कर पाया। मैं दोनों का ही अत्यधिक आभारी हूँ।

जुलाई 2013 से दिसंबर 2013 तक मैं लगातार इस कार्य में लगा रहा, जिसके कारण अपने पारिवारिक उत्तरदायित्वों के निर्वहन के प्रति पूरा ध्यान नहीं दे सका। तब भी मेरी पत्नी (श्रीमती भावना बाजपेयी) और मेरे बच्चों (शिव और शिवाशीष) ने इस कार्य को पूर्ण करने में पूरा सहयोग दिया। मैं सभी के प्रति अपना आभार व्यक्त करता हूँ।

मेरे सहयोगी श्री बी.एल. शर्मा ने प्रारूप को पढ़कर मूल ग्रंथ से मिलान किया और बहुमूल्य सुझाव दिए। उन्होंने अपना जो बहुमूल्य समय इस कार्य के लिए दिया, उसके लिए उनका कोटि-कोटि धन्यवाद।

वरिष्ठ पत्रकार श्री अनिल बंसलजी ने इस पुस्तक के प्रकाशन हेतु मेरा मार्ग प्रशस्त किया। उनके सहयोग और मार्गदर्शन के लिए मैं उनका आभारी हूँ।

परमपूज्य स्वामी रामदेव ने इस पुस्तक की प्रस्तावना लिखकर अपना आशीर्वाद प्रदान किया है। मैं अपने हृदय की गहराइयों से उनका आभार व्यक्त करता हूँ।

मैं अपने पुराने सहयोगी एवं श्रेष्ठ रामभक्त डॉ. राम अवतार का आभारी हूँ कि इस पुस्तक के संपादन हेतु उन्होंने बहुमूल्य सहयोग प्रदान किया।

—सुनील बाजपेयी 'सरल'

अनुक्रम

अध्याय-1

कुरुक्षेत्र के युद्धस्थल में सैन्य-निरीक्षण

धृतराष्ट्र ने कहा

उस धर्म-क्षेत्र कुरुक्षेत्र में,
युद्ध-परायण एकत्रित हो।
मम्-पुत्रों और पांडवों ने,
किया जो, संजय उसको कहो॥ 1.1॥

संजय ने कहा

हे राजन, तुम्हें बताऊँ मैं,
जब देखा पांडव-सेना को।
दुर्योधन गुरु[1] के पास गया,
फिर उनसे लगा बोलने वो॥ 1.2॥

इस पांडवी महासेना को,
आचार्य, देखें तो ध्यान से।
आपके ही बुद्धिमान शिष्य,
द्रुपद-पुत्र ने सँवारा इसे॥ 1.3॥

इस सेना में तो वीर भीम,
अर्जुन सम बहुत धनुर्धर हैं।
विराट्, युयुधान, द्रुपद जैसे,
बहु महारथी भी शामिल हैं ॥ 1.4 ॥

और साथ हैं धृष्टकेतु भी,
चेकितान, काशी-नरेश हैं।
पुरुजित, कुंतिभोज और शैव्य,
शक्तिमान योद्धा अनेक हैं ॥ 1.5 ॥

उत्तमौजा महाशूरवीर,
युधामन्यु अतिपराक्रमी है।
सौभद्र और द्रौपदेय भी,
ये सबके सब महारथी हैं ॥ 1.6 ॥

जो मुख्य हमारे नायक हैं,
आप उन्हें भी जान लीजिए।
अब उनका वर्णन करता हूँ,
द्विजश्रेष्ठ, संज्ञान लीजिए ॥ 1.7 ॥

आप स्वयं हैं, भीष्म, कर्ण हैं,
हैं रणविजयी कृपाचार्य भी।
सोमदत्त का पुत्र यहाँ है,
अश्वत्थामा है, विकर्ण भी ॥ 1.8 ॥

हैं बहुत और भी शूरवीर,
जो मुझपर जीवन-त्याग करें।
धारण कर नाना शस्त्रों को,
रणकौशल में जो नाम करें ॥ 1.9 ॥

अपरिमेय है शक्ति हमारी,
अभिरक्षित भीष्म पितामह से।
सीमित है बल उनका, देखो,
चाहे रक्षित रहे भीम से॥ 1.10॥

इसलिए यही आवश्यक है,
अपने-अपने स्थानों से ही।
आप सभी लोग करते रहें,
संरक्षा भीष्म पितामह की॥ 1.11॥

कुरुवंशी वृद्ध पितामह ने,
तब जोर से शंखनाद किया।
दुर्योधन हर्षित ध्वनि सुनके,
लगा जैसे सिंहनाद किया॥ 1.12॥

ढोल, नगाड़े, तुरही, गोमुख,
बजने लगे वहाँ पर सहसा।
और शंख भी बजे संग में,
कान फटें, कोलाहल ऐसा॥ 1.13॥

वहीं कृष्ण-अर्जुन, दोनों ने,
बैठ श्वेत अश्वों के रथ में।
बजाए खूब जोर-शोर से,
दिव्य शंख फिर अपने-अपने॥ 1.14॥

हृषीकेश[2] ने पाञ्चजन्य को,
व देवदत्त को धनञ्जय[3] ने।
बजाया महाशंख पौंड्र को,
अतिभोजी भीम बहादुर ने॥ 1.15॥

अनंतविजय को युधिष्ठिर ने,
तो सुघोष शंख को नकुल ने।
और सहदेव ने मणिपुष्पक,
शंख बजाये सबने अपने ॥ 1.16 ॥

महाधनुर्धर काशिराज ने,
राजा विराट् ने, सात्यकि ने।
शिखंडी, धृष्टद्युम्न ने भी,
शंख बजाये सबने अपने ॥ 1.17 ॥

द्रुपद ने, द्रौपदी-पुत्रों ने,
महाबाहु सुभद्रा-पुत्र ने।
हे राजन, इस तरह वहाँ पर,
शंख बजाये सबने अपने ॥ 1.18 ॥

उस घोष ने धृतराष्ट्र-पुत्रों,
के हृदयों को ही चीर दिया।
आकाश और धरती में भी,
चहुँओर शोर तब गूँज गया ॥ 1.19 ॥

संरचना कौरव-सेना की,
देखकर कपिध्वज[4] अर्जुन ने।
जब युद्ध शुरू होने को था,
धनुष उठाए हुए हाथ में ॥ 1.20 ॥

कहा श्रीकृष्ण से इस प्रकार,
हे अच्युत[5] इतनी कृपा करें।
रथ को दोनों सेनाओं के,
तुरंत बीचोंबीच ले चलें ॥ 1.21 ॥

युद्ध करने की कामना से,
एकत्रित युद्धभूमि में हैं।
उन-उन योद्धाओं को देखूँ,
लड़ना मुझको जिन-जिन से है ॥ 1.22 ॥

भला चाहकर दुर्योधन का,
तत्पर खड़े युद्ध करने को।
इस युद्धभूमि में जो आए,
मैं देखूँ तो अब उन सबको ॥ 1.23 ॥

हे भरतवंशी, इस तरह से,
अर्जुन के ऐसा कहने से।
रणभूमि-मध्य में खड़ा किया,
वह उत्तम रथ हृषीकेश ने ॥ 1.24 ॥

भीष्म और द्रोण के सामने,
सब राजाओं के सम्मुख हो।
अर्जुन से कहा श्रीकृष्ण ने,
देखो उपस्थित कौरवों को ॥ 1.25 ॥

अर्जुन ने देखा कि खड़े हैं,
पितर, पितामह, मामा, भाई।
पुत्र, पौत्र, आचार्य, सखा भी,
आए करने हेतु लड़ाई ॥ 1.26 ॥

ससुर और शुभचिंतक भी थे,
उन दोनों ही सेनाओं में।
ऐसे ही सभी बांधवों को,
एकत्रित पाया अर्जुन ने ॥ 1.27 ॥

तब करुणा से अभिभूत हुआ,
अर्जुन बोला दुखी हृदय से।
हे कृष्ण, देखकर अपनों को,
जो यहाँ युद्ध के लिए खड़े॥ 1.28॥

शिथिल हो रहे हैं अंग सभी,
मुख मेरा सूखा जाता है।
रोंगटे खड़े हो गए सभी,
शरीर में कंपन होता है॥ 1.29॥

सरक रहा गांडीव हाथ से,
मेरी त्वचा भी जल रही है।
है कितना कठिन खड़े रहना,
मति मेरी भ्रमित हो रही है॥ 1.30॥

हे केशव[6], मुझको तो केवल,
पड़ते हैं अपशकुन दिखाई।
मुझे अपनों को मारने में,
दिखती नहीं कोई भलाई॥ 1.31॥

मुझको विजय की इच्छा नहीं,
राज्य और सुख नहीं चाहिए।
कृष्ण, हमें क्या लाभ राज्य से,
भोग या जीवन क्यों चाहिए॥1.32॥

राज्य, भोग एवं सुख सारे,
चाहता हूँ मैं जिनके लिए।
वही लोग तो खड़े यहाँ हैं,
जानमाल गँवाने के लिए॥ 1.33॥

आचार्य, पुत्र, पौत्र, पितामह,
पितृगण, मामा, ससुर, साले।
यहाँ पर एकत्रित हुए हैं,
ऐसे ही संबंधी सारे ॥ 1.34 ॥

इन लोगों को मार न सकता,
ये मारें, कृष्ण, मुझे चाहे।
धरती की क्या बात कहूँ मैं,
त्रिलोक का राज्य मिले चाहे ॥ 1.35 ॥

धृतराष्ट्र-पुत्रों को मारकर,
भला हर्ष क्या होगा हमको।
इन आततायियों को मारें,
तो पाप ही मिलेगा हमको ॥ 1.36 ॥

धृतराष्ट्र-पुत्र बांधव अपने,
है इन्हें मारना उचित नहीं।
अपने लोगों की हत्या से,
हम होंगे कैसे सुखी कहीं ॥ 1.37 ॥

लालच से अभिभूत चित्त से,
यद्यपि देख नहीं सकते ये।
दोष जो कुलनाश करने में,
या जो पाप मित्रद्रोह में ॥ 1.38 ॥

दोष है कुलनाश करने में,
अच्छी तरह पता है हमको।
फिर क्यों नहीं सोचते कैसे,
हम रोक सकें इन पापों को ॥ 1.39 ॥

कुल का विनाश जो हो जाए,
कुल-धर्म नहीं बच पाता है।
कुल-धर्म जो न बच पाए तो,
अधर्म से कुल दब जाता है॥ 1.40॥

कुल-स्त्रियाँ दूषित हो जाएँ,
जब भी अधर्म हावी होता।
कृष्ण, दूषित स्त्रीत्व के कारण,
उत्पन्न वर्णसंकर होता॥ 1.41॥

कुलघातियों और कुल को भी,
संकरत्व है द्वार नरक का।
मिटाए पिंडोदक क्रियाएँ,
पतन कराए सब पितरों का॥ 1.42॥

ये जो दोष कुलघातियों के,
ये वर्णसंकर कराते हैं।
कुल और जाति के सतत धर्म,
इनसे विनष्ट हो जाते हैं॥ 1.43॥

जिसका कुलधर्म विनष्ट हुआ,
दीर्घ काल तक मनुष्य ऐसा।
निवास करता घोर नरक में,
कृष्ण, सुना है मैंने ऐसा॥1.44॥

कितने अचरज की बात, अरे,
आतुर महापाप करने को।
राज्य-सुखों के लालच से हम,
मारना चाहते अपनों को॥ 1.45॥

प्रतिकार अगर मैं करूँ नहीं,
धृतराष्ट्र-पुत्र, शस्त्र लिये जो।
मुझ निहत्थे को मार डालें,
श्रेयस्कर होगा यह भी तो॥ 1.46 ॥

राजन, तब रणमध्य इस तरह,
अपनी सारी बातें कहके।
शोकाकुल-मन अर्जुन बैठा,
धनुष-बाण तज अपने रथ पे॥ 1.47 ॥

संदर्भ—

1. गुरु द्रोणाचार्य
2. कृष्ण का एक नाम ऋषीकेश भी है, क्योंकि वे समस्त इंद्रियों (ज्ञानेंद्रियों और कर्मेंद्रियों) के स्वामी हैं
3. अर्जुन
4. जिनकी ध्वजा पर हनुमानजी अंकित हैं
5. कृष्ण का एक नाम (अपनी स्थिति से न हटनेवाला)
6. केशी असुर को मारनेवाला (कृष्ण)

□

अध्याय-2

गीता का सार

संजय ने कहा

शोकाकुल, अभिभूत दया से,
अश्रुपूरित-नेत्र अर्जुन को।
जब यूँ मधुसूदन ने देखा,
तब ऐसे समझाया उसको ॥ 2.1 ॥

श्री भगवान् ने कहा

हे अर्जुन, कैसे हुआ तुम्हें,
इस विषम समय विषाद ऐसा।
जो अनुचित, अपयश-कारक है,
जो स्वर्ग-विमुख करने जैसा ॥ 2.2 ॥

नपुंसकता न ग्रहण करो तुम,
यह तुम्हें नहीं शोभा देता।
त्याग हृदय की दुर्बलता यह,
उठो पार्थ, शत्रु-दमनकर्ता ॥2.3 ॥

अर्जुन ने कहा

जिनको मैं पूजनीय मानूँ
अब उन्हीं भीष्म और द्रोण से।
हे मधुसूदन, बोलो कैसे,
युद्ध करूँ अपने तीरों से॥ 2.4 ॥

महान् गुरुओं की हत्या से,
उत्तम है भिक्षा माँग जिएँ।
भोग मिलेंगे रक्त-सने ही,
यदि हम यहाँ मारेंगे इन्हें॥ 2.5 ॥

पता न किसको विजय मिलेगी,
है ज्ञात नहीं क्या उचित हमें।
धृतराष्ट्र-पुत्र ही सम्मुख हैं,
है जीना मुश्किल मार जिन्हें॥ 2.6 ॥

अभिभूत करुणा के कलुष से,
मैं किंकर्तव्यविमूढ़[7] हुआ।
जो श्रेयस्कर, वह कहें मुझे,
आपकी शरण यह शिष्य हुआ॥ 2.7 ॥

दूर करूँ यह दुख मैं कैसे,
इंद्रियों को जो सुखाता है।
निष्कंटक राज्य न देव-विजय,
लाभ नहीं कोई भाता है॥ 2.8 ॥

संजय ने कहा

वहाँ खड़े तब इस प्रकार से,
अर्जुन ने अपनी बात कही।
कृष्ण से बोला—हे गोविंद,
मैं कर सकता यह युद्ध नहीं ॥ 2.9 ॥

दो सेनाओं के बीच खड़े,
उस अतिशोकाकुल अर्जुन से।
हे राजन, हँसते हुए कहे,
श्रीकृष्ण ने तब वचन ऐसे ॥ 2.10 ॥

श्री भगवान् ने कहा

बात विद्वता की करके भी,
करते हो अशोच्य की चिंता।
मरे हुए अथवा जीवित की,
विद्वान् नहीं करते चिंता ॥ 2.11 ॥

कभी न ऐसा काल हुआ जब,
मैं, तुम या राजा आदि न थे।
समय न ऐसा ही आएगा,
अस्तित्व हमारा जब न रहे ॥ 2.12 ॥

कौमार्य, जवानी और जरा[8],
जैसे आते इस शरीर में।
देह बदलना वैसा ही है,
धीर न मोहित होते इसमें ॥ 2.13 ॥

गर्मी-सर्दी हों या सुख-दुख,
प्रकट ये इंद्रियबोध[9] से हों।
ये तो आते-जाते रहते,
अनित्य हैं, इन्हें सहन कर लो ॥ 2.14 ॥

जो सुख-दुःख में समान रहते,
जो पुरुष न इनसे विचलित हों।
अर्जुन, जो धीर पुरुष ऐसे,
सुपात्र बनें अमरत्व के वो ॥ 2.15 ॥

अस्तित्व असत का नहीं बचे,
सत का हो कभी अभाव नहीं।
सब तत्त्वर्शियों ने निर्णय,
इनके बारे में किया यही ॥ 2.16 ॥

जो व्याप्त है सारी देह में,
तुम समझो अविनाशी उसको।
कर सके विनष्ट नहीं कोई,
ऐसे अविनाशी देही[10] को ॥ 2.17 ॥

नाशवान है देह सभी की,
मरे नहीं, शाश्वत देही जो।
अप्रमेय[11] और अमर यह है,
हे भारत, अतैव युद्ध करो ॥ 2.18 ॥

समझे इसे मारने वाला,
अन्यथा इसको मरा समझे।
दोनों ही गलत समझते हैं,
न मारे यह और न यह मरे ॥ 2.19 ॥

होकर फिर यह सदैव रहता,
जन्मे न कभी, मरे भी नहीं।
यह अज[12], नित्य[13], शाश्वत, प्राचीन,
देह मारने से मरे नहीं ॥ 2.20 ॥

जाने अविनाशी और नित्य,
इसे, अजन्मा, अव्यय है जो।
हे अर्जुन, कैसे मरवाए,
या मारे वह पुरुष किसी को ॥ 2.21 ॥

तजकर फटे हुए वस्त्रों को,
ज्यों धारण करते वस्त्र नए।
वैसे ही जीर्ण शरीर त्याग,
जीव नई देह धारण करे ॥2.22 ॥

नहीं शस्त्र कर सकते खंडित,
और न अग्नि जला सकती है।
इसको न भिगो सकता है जल,
और न वायु सुखा सकती है ॥ 2.23 ॥

ना कटता है, ना जलता है,
ना भीगे यह, ना सूखे ही।
नित्य, सर्वगत, अचल, सनातन,
और स्थिर भी होता देही ॥ 2.24 ॥

यह अचिंत्य, यह अविकारी है,
इसे कहते हैं अव्यक्त भी।
ऐसे समझकर, इसके लिए,
करना नहीं तुम चिंता कभी ॥ 2.25 ॥

यदि मानो यह पैदा होता,
अथवा तुम मानो यह मरता।
इसके लिए नहीं तब भी तो,
चिंता की कुछ आवश्यकता॥ 2.26॥

पैदा हुआ अवश्य मरेगा,
मरा हुआ फिर होगा पैदा।
यह जो अपरिहार्य है तो फिर,
हो इसके लिए शोक कैसा॥ 2.27॥

अव्यक्त आदि में होते सब,
पार्थ, व्यक्त हों मध्यकाल में।
अंतकाल अव्यक्त पुनः हों,
हो शोक भला कैसा इसमें॥ 2.28॥

देखे कोई अचरज से, तो,
कोई अचरज से बतलाए।
इसे अन्य सुनते अचरज से,
पर सुनकर भी न समझ पाएँ॥ 2.29॥

भारत, नित्य देह का देही,
वह कभी न मारा जा सकता।
अतैव सभी लोगों के लिए,
चिंता की क्या आवश्यकता॥ 2.30॥

स्वधर्म के बारे में सोचें,
तब भी यह संशय उचित नहीं।
धर्ममय युद्ध की तुलना में,
क्षत्रिय को कुछ भी श्रेष्ठ नहीं॥ 2.31॥

यह युद्ध स्वर्ग का खुला द्वार,
अपने आप मिला जो तुमको।
अर्जुन, वे क्षत्रिय सुख पाएँ,
जो पाएँ ऐसे युद्धों को॥ 2.32॥

यह धर्मयुद्ध यदि तुम न करो,
स्वधर्म विनष्ट हो जाएगा।
पाप तो तुमको लगेगा ही,
अति अपयश भी हो जाएगा॥ 2.33॥

अनंत काल तक सारे लोग,
अपयश कहेंगे तुम्हारा ही।
सम्माननीय जो व्यक्ति, उन्हें,
अपयश बुरा है मौत से भी॥ 2.34॥

तुमने भयवश ही रण छोड़ा,
महारथी सब यह मानेंगे।
जो करें आज सम्मान बहुत,
तुच्छ वही तुमको मानेंगे॥ 2.35॥

बोलेंगे कड़ुवे बोल बहुत,
सब बुरा तुम्हारा चाहें जो।
दुखदायी इससे ज्यादा क्या,
जो शक्ति तुम्हारी निंदित हो॥ 2.36॥

अगर मरे तो स्वर्ग मिलेगा,
तुम जीते तो सुख पृथ्वी का।
इसलिए उठो अब अर्जुन तुम,
लो संकल्प युद्ध करने का॥ 2.37॥

लाभ-हानि या विजय-पराजय,
या सुख-दुख, सभी समान लगें।
तुम इसी भाव से अतः लड़ो,
इस तरह पाप भी नहीं लगे ॥ 2.38 ॥

यह सांख्यज्ञान[14] का वर्णन था,
बुद्धियोग अब सुनो ध्यान से।
कर्मों का बंधन टूटेगा,
हे अर्जुन, जिसके प्रभाव से ॥ 2.39 ॥

कभी इस योग के प्रयास से,
नहीं हो हानि या ह्रास कहीं।
तनिक भी प्रगति जो हो जाए,
नाश करे महान् भय का भी ॥ 2.40 ॥

अगर बुद्धि हो निश्चयवाली,
तो एक लक्ष्य पे अडिग डटे।
दृढ़निश्चयी नहीं जो, उनकी,
अनेक भागों में बुद्धि बँटे ॥ 2.41 ॥

ये सब अविवेकी पुरुष, पार्थ,
कहें अलंकारिक शब्दों को।
जो वेदवाद में फँसे हुए,
है और नहीं कुछ, कहते वो ॥ 2.42 ॥

कामी और स्वर्ग-लोलुप जो,
भोग और वैभव पाने को।
जन्म-कर्म-फल देने वाली,
क्रिया-विशेष बहुत करते वो ॥ 2.43 ॥

जो आसक्त भोग-वैभव में,
है चित्त मोहग्रस्त इनसे।
दृढ़निश्चय वाली बुद्धि न हो,
मन नहीं नियंत्रित कर सकते ॥ 2.44 ॥

वेद तो त्रिगुणविषयात्मक[15] हैं,
अर्जुन तुम त्रिगुणातीत बनो।
योग-क्षेम-विहीन[16], आत्मवान,
निर्द्वंद्व नित्य सत्त्व में रहो ॥ 2.45 ॥

परिपूर्ण झील यदि मिल जाए,
काम तालाब से तब जितना।
ब्रह्मज्ञान जिसे हो जाए,
काम उसे वेदों से उतना ॥ 2.46 ॥

अधिकार कर्म करने का है,
कदापि नहीं कर्म के फल का।
अकर्मण्यता से दूर रहो,
हेतु न मानो खुद को फल का ॥ 2.47 ॥

अर्जुन, तुम आसक्ति त्याग कर,
करो कर्म योग में स्थित हो।
समान रहो सिद्धि-असिद्धि[17] में,
योग कहते इसी समत्व को ॥ 2.48 ॥

सकाम कर्म अति निकृष्ट हैं,
इस बुद्धियोग की तुलना में।
अर्जुन, तुम लो शरण बुद्धि की,
दीन हैं, आसक्त जो फल में ॥ 2.49 ॥

पाप-पुण्य दोनों से मुक्ति,
बुद्धियोग से मिल जाती है।
अतः तुम योग में लगे रहो,
कर्मों का कौशल योग ही है ॥ 2.50 ॥

बुद्धियोग से युक्त मनीषी,
जो कर्म-फलों का त्याग करें।
जन्म-बंधन से मुक्त होकर,
वे निर्विकार पद[18] प्राप्त करें ॥ 2.51 ॥

तर जाएगी बुद्धि तुम्हारी,
जब आसक्ति के इस कलिल को।
विरक्त उससे हो जाओगे,
सुना है या तुम सुनोगे जो ॥ 2.52 ॥

सुनकर विचलित हुई बुद्धि को,
निश्चलता से स्थिर करोगे।
जब अचल रूप से समाधि में,
योग तभी तुम प्राप्त करोगे ॥ 2.53 ॥

अर्जुन ने कहा

स्थितप्रज्ञ[19] के लक्षण कहें,
समाधि में कृष्ण जो स्थित हो।
वह स्थिरबुद्धि बोले कैसे,
रहे कैसे, चले कैसे वो ॥ 2.54 ॥

श्री भगवान् ने कहा

हे अर्जुन, जो भी मन में हों,
जब त्यागे उन इच्छाओं को।
खुद से खुद में संतुष्ट रहे,
स्थितप्रज्ञ कहें तब उसको ॥ 2.55 ॥

ना दुख में विचलित मन होता,
ना रुचि तनिक भी सुख में रहे।
राग-भय-क्रोध से मुक्त हुआ,
उसी मुनि को स्थिरबुद्धि कहें ॥ 2.56 ॥

सर्वत्र स्नेह-रहित हुआ जो,
अच्छा या बुरा, मिले कुछ भी।
न हो प्रसन्न न करे द्वेष जो,
प्रज्ञा अविचल है उसकी ही ॥ 2.57 ॥

कछुए के अंगों के जैसे,
इंद्रिय-विषयों से, सारे ही।
ले खींच इंद्रियों को अपनी,
प्रज्ञा अविचल है उसकी ही ॥ 2.58 ॥

किसी निराहारी मनुष्य के,
सब विषय दूर हों, संभव है।
पर उनमें आसक्ति न छूटे,
जो ब्रह्म-प्राप्ति से संभव है ॥ 2.59 ॥

विवेकशील पुरुष यदि कोई,
चंचल इंद्रियों को यत्न से।
अर्जुन, करना चाहे वश में,
तब भी ये मन हर लें बल से ॥ 2.60 ॥

कर सभी इंद्रियों को वश में,
जो रहे परायण मेरे ही।
रहे इंद्रियों पे वश जिसका,
प्रज्ञा अविचल है उसकी ही ॥ 2.61 ॥

इंद्रिय-विषयों के चिंतन से,
उनमें आसक्त पुरुष होता।
आसक्ति से ही इच्छा बढ़े,
इच्छा से क्रोध प्रकट होता ॥ 2.62 ॥

क्रोध से हो जाता सम्मोह,
सम्मोह से विभ्रम स्मृति का।
भ्रमित स्मृति से बुद्धिनाश,
बुद्धिनाश से पतन पुरुष का ॥ 2.63 ॥

राग-द्वेष से मुक्त, संयमी,
पुरुष, वशीभूत इंद्रियों से।
इंद्रिय-विषयों का भोग करे,
आनंद प्राप्त होता जिससे ॥ 2.64 ॥

दुख सभी नष्ट हो जाते हैं,
आनंद यही जो मिल जाए।
आनंदित मन हो जाने से,
तुरंत बुद्धि स्थिर हो जाए ॥ 2.65 ॥

बुद्धि न अचल अयुक्त पुरुष की,
रहे भावना भी सही नहीं।
न रहे शांति भाव-अभाव से,
सुख रहे कहाँ, जब शांति नहीं ॥ 2.66 ॥

जो इंद्रियों में विचरण करे,
तो इंद्रिय, जिसमें मन उसका।
प्रज्ञा को हर लेती, जैसे,
वायु बहाए जल में नौका ॥ 2.67 ॥

हे महाबाहु, इसलिए, सुनो,
इंद्रिय-विषयों से, सारे ही।
जो करे इंद्रियों को वश में,
प्रज्ञा अविचल है उसकी ही ॥ 2.68 ॥

जो रात्रि सब जीवों के लिए,
आत्मसंयमी जागें उसमें।
मुनि के लिए रात्रि वह होती,
सभी जीव जगते हैं जिसमें ॥ 2.69 ॥

परिपूर्ण समुद्र अचल रहता,
जब जल बहकर उसमें आता।
जो ग्रहण करे इच्छाएँ यूँ,
कामी नहीं, वह शांति पाता ॥ 2.70 ॥

त्याग दे सब कामनाओं को,
रुचि या ममता रहे ना कहीं।
जो अहंकार से विहीन हो,
शांति को प्राप्त करेगा वही ॥ 2.71 ॥

यही तो ब्राह्मी स्थिति होती,
मोहित ना हो पाकर इसको।
अंतकाल स्थित रहे इसमें,
पाए वह ब्रह्म-निर्वाण को ॥ 2.72 ॥

संदर्भ—

7. अपने कर्तव्य के बारे में संभ्रमित
8. वृद्धावस्था
9. इंद्रियों और उनके विषयों के संयोग से अनुभूत
10. देह का स्वामी (आत्मा)
11. जिसे माप न सकें (असीम)
12. जिसका जन्म न हो (अजन्मा)
13. निरंतर रहनेवाला
14. वैश्लेषिक ज्ञान
15. तीन गुणों (सतोगुण, रजोगुण, तमोगुण) के कार्यरूप संसार से संबंधित
16. इच्छित वस्तु का मिलना योग है और उसका बने रहना क्षेम। इन भावों से परे होना।
17. सफलता और विफलता
18. समस्त विकारों से रहित (निर्दोष) पद
19. जिसकी बुद्धि स्थिर हो

□

अध्याय-3

कर्मयोग

अर्जुन ने कहा

अगर श्रेष्ठ है ज्ञान कर्म से,
तो फिर आज, जनार्दन, कैसे।
मुझको घोर कर्मों के लिए,
प्रेरित आप कर रहे ऐसे॥ 3.1॥

मोहित बुद्धि हो रही मेरी,
इन सब मिश्रित उपदेशों से।
बस एक बात निश्चित कर दें,
मिले सफलता मुझको जिससे॥ 3.2॥

श्री भगवान् ने कहा

निष्ठा के दो भेद जगत् में,
मैंने पहले ही बता दिए।
ज्ञानियों के लिए ज्ञानयोग,
कर्मयोग योगियों के लिए॥ 3.3॥

कर्मों का आरंभ किए बिन,
मिल सकता नैष्कर्म्य[20] नहीं।
सब कर्मों के त्याग मात्र से,
न मिले किसी को सिद्धि कहीं ॥ 3.4 ॥

न एक पल ऐसा होता है,
कि रह पाए बिना कर्म करे।
प्रकृतिजन्य[21] गुणों के वश में,
पुरुष विवश होके कर्म करे ॥ 3.5 ॥

कर्मेंद्रियों का निग्रह[22] करे,
मन सोचे इंद्रिय-विषयों को।
मिथ्याचारी कहलाता है,
होता ऐसा मूर्ख पुरुष जो ॥ 3.6 ॥

पार्थ, जो कर्मेंद्रियों द्वारा,
कर्मयोग अनासक्त करते।
इंद्रिय-निग्रह मन से करके,
श्रेष्ठ पुरुष उनको ही कहते ॥ 3.7 ॥

नियत कर्मों को अवश्य करो,
कर्म अकर्म से बेहतर है।
कर्म किए बगैर तो, देखो,
शरीर-निर्वाह असंभव है ॥ 3.8 ॥

यज्ञ हेतु कर्म के अलावा,
अन्य कर्म बाँधे बंधन में।
यज्ञ हेतु, अर्जुन, कर्म करो,
पर आसक्ति नहीं हो उनमें ॥ 3.9 ॥

यज्ञ व प्रजा की सृष्टि करके,
प्रजापति ने बतलाया यही।
यज्ञ द्वारा प्राप्त करो वृद्धि,
पूरी करे इच्छाएँ यही ॥ 3.10 ॥

देवों को पुष्ट करो इससे,
देव पोषण करेंगे तुम्हारा।
एक–दूसरे को पुष्ट करो,
होगा अति कल्याण तुम्हारा ॥ 3.11 ॥

यज्ञ से पोषित देवतागण,
सब इष्ट भोग देंगे तुमको।
उनका दिया न उनसे बाँटे,
चोर ही तो कहेंगे उसको ॥ 3.12 ॥

यज्ञशिष्ट[23] अन्न खाकर रहें,
वे पाप–मुक्त हो जाते हैं।
अपने लिए ही पकाएँ जो,
वे पापों का ही खाते हैं ॥ 3.13 ॥

प्राणी अन्न से उत्पन्न हों,
अन्न वर्षा से उपजता है।
बरसात यज्ञ से होती है,
कर्म से उद्‌भव यज्ञ का है ॥ 3.14 ॥

वेदों से कर्म प्रवर्तित हों,
परब्रह्म श्रोत वेद का है।
यज्ञ में ब्रह्म सर्वव्यापी,
इसलिए सदा स्थित रहता है ॥ 3.15 ॥

पालनकर इस सृष्टि चक्र का,
नहीं स्वयं का जीवन जीता।
वह पापी, इंद्रिय-रमणी[24] है,
पार्थ, व्यर्थ ही जीवन जीता॥ 3.16॥

पर, आत्मा में जो रमण करे,
जो तृप्त रहे आत्मा में ही।
आत्मा में ही संतुष्ट रहे,
उसका कोई कर्तव्य नहीं॥ 3.17॥

जो किया उससे मतलब नहीं,
न किया भी रहे बेकार ही।
सभी प्राणियों से कतई भी,
रहे न कोई सरोकार ही॥ 3.18॥

इसलिए बिन आसक्ति के ही,
करो तुम कर्तव्य कर्मों को।
बिन आसक्ति कर्म करके ही,
पुरुष पाता है परमगति को॥ 3.19॥

जनक आदि महान् पुरुषों ने,
कर्मों से परम सिद्धि पाई।
सामान्य जनों के कारण भी,
तुम करो कर्म, है उचित यही॥ 3.20॥

श्रेष्ठ पुरुष जो भी करते हैं,
साधारण जन भी करें वही।
जो उदाहरण वे पेश करें,
दुनिया चलती है उसपे ही॥ 3.21॥

पार्थ, मुझे तीनों लोकों में,
न नियत कोई कर्तव्य रहे।
कुछ पाने लायक रहे नहीं,
फिर भी मैं कर्म करूँ सारे ॥ 3.22 ॥

नहीं करूँ ध्यानपूर्वक अगर,
वह कर्म, मुझे हैं जो करने।
जैसी भी राह चलूँगा मैं,
उस पे सभी लगेंगे चलने ॥ 3.23 ॥

सब कर्म अगर मैं नहीं करूँ,
होंगे विनष्ट ये लोक सभी।
संकरत्व का हेतु बनूँगा,
हो जाएगी नष्ट प्रजा भी ॥ 3.24 ॥

हे भारत, जैसे अज्ञानी,
आसक्त[25] हो सभी कर्म करें।
विद्वान् पुरुष अनासक्त[26] ही,
प्रजा हेतु वैसे कर्म करें ॥ 3.25 ॥

आसक्त और अज्ञानी की,
बुद्धि कभी विचलित किए बिना।
सम्यक् ऐसे ही कर्मों में,
है उसे भी नियोजित करना ॥ 3.26 ॥

प्रकृतिजन्य[27] गुणों के द्वारा,
कर्म किए जाते हैं सारे।
मनुष्य मोहित अहंकार से,
मैं ही करता हूँ, यह माने ॥ 3.27 ॥

गुण-कर्म-विभाग-तत्त्वदर्शी[28],
गुण ही गुणों में वर्तते हैं।[29]
हे महाबाहु, मानकर यही,
आसक्त कभी ना होते हैं॥ 3.28 ॥

हों आसक्त गुणों-कर्मों में,
मोहित प्रकृतिजन्य गुणों से।
विचलित करना भी ठीक नहीं,
मूर्ख अज्ञानियों को ऐसे॥ 3.29 ॥

आत्मज्ञानमय चेतना से,
मुझको अर्पित सब कर्म करो।
त्याग आशा और ममता को,
संतापरहित तुम युद्ध करो॥ 3.30 ॥

अनुपालन मेरे इस मत का,
द्वेष बिना, पूरी श्रद्धा से।
जो सदा करे, हो जाएगा,
मुक्त सभी कर्मबंधनों से॥ 3.31 ॥

न करे अगर द्वेषवश कोई,
अनुपालन मेरे इस मत का।
तुम मानो नाश हो चुका है,
उस अज्ञानी अविवेकी का ॥ 3.32 ॥

चाहे हो कोई ज्ञानी ही,
जैसी प्रकृति चेष्टा वैसी।
सब करें अनुसरण प्रकृति का,
इस बारे में फिर जिद कैसी॥ 3.33 ॥

इंद्रिय का इंद्रिय-विषयों में,
निश्चित ही है राग-द्वेष तो।
इनके वश में मत आ जाना,
हैं रास्ते के रोड़े ये तो॥ 3.34॥

सम्यक् अनुष्ठित परधर्म से,
स्वधर्म, विगुण भी, बेहतर है।
स्वधर्म में तो भली मौत भी,
परधर्म सदैव भयावह है॥ 3.35॥[30]

अर्जुन ने कहा

हे वार्ष्णेय, बतलाओ मुझे,
नहीं चाहने पर भी कैसे।
पापमय आचरण करे पुरुष,
बलपूर्वक बाध्य रहे जैसे॥ 3.36॥

श्री भगवान् ने कहा

यह काम ही क्रोध होता है,
उत्पन्न रजोगुण से जानो।
यह सर्वभक्षी महापापी,
वैरी ही तुम इसको मानो॥ 3.37॥

ज्यों धुआँ आग को ढक लेता,
धूल ढके दर्पण को जैसे।
गर्भाशय भी ढके भ्रूण को,
ढक ले काम ज्ञान को वैसे॥ 3.38॥

काम वो आग जो बुझे नहीं,
यह नित-शत्रु ज्ञानियों का है।
अर्जुन, तुम यह बात जान लो,
इससे ज्ञान ढका रहता है ॥ 3.39 ॥

मन, बुद्धि और इंद्रियाँ सभी,
आवास काम के, सभी कहें।
सभी के ज्ञान को ढके हुए,
काम कर लेता मोहित उन्हें ॥ 3.40 ॥

हे भारत, इसीलिए पहले,
वश में इन इंद्रियों को करो।
जो ज्ञान-विज्ञान नष्ट करे,
फिर उसी काम का दमन करो ॥ 3.41 ॥

मानें बलवान इंद्रियों को,
मन बलवान इंद्रियों से भी।
मन से भी बलवान बुद्धि है,
आत्मा बलवान बुद्धि से भी ॥ 3.42 ॥

जानकर बुद्धि से बलशाली,
आत्मा को खुद ही स्थिर करो।
कामरूप दुर्जेय शत्रु का,
तब, महाबाहु[31], संहार करो ॥ 3.43 ॥

संदर्भ—

20. कर्मशून्य स्थिति
21. प्रकृति से उत्पन्न
22. रोकना
23. यज्ञ से बचा हुआ
24. इंद्रियों में आसक्त

25. आकर्षित
26. लगाव के बिना
27. प्रकृति से उत्पन्न
28. गुण-विभाग और कर्म-विभाग के तत्त्व को जानने वाले
29. इंद्रियादि-रूप गुण ही विषय-रूप गुणों में लगे हुए हैं।
30. यहाँ धर्म का तात्पर्य हिंदू, मुसलिम आदि नहीं है, अपितु वर्णाश्रम धर्म है।
31. सशक्त भुजाओं वाला (अर्जुन)

□

अध्याय-4

दिव्य ज्ञान

श्री भगवान् ने कहा

पहले यह अमर योग मैंने,
बताया विवस्वान सूर्य को।
विवस्वान से सीखा मनु[32] ने,
मनु ने बताया इक्ष्वाकु[33] को॥ 4.1॥

परंपरा से इसी ज्ञान को,
राज-ऋषियों[34] ने पा लिया था।
यह महायोग कालक्रम में,
हे अर्जुन लुप्त हो गया था॥ 4.2॥

वही पुरातन योग आज फिर,
तुमको मैंने यहाँ बताया।
तुम भक्त मेरे हो, सखा भी,
उत्तम रहस्य अत: सिखाया॥ 4.3॥

अर्जुन ने कहा

जन्मे विवस्वान थे पहले,
जन्म आपका हुआ बाद में।
फिर कैसे जानूँ कि आपने,
उन्हें दिया उपदेश आदि में॥ 4.4॥

श्री भगवान् ने कहा

बहुत से जन्म बीत चुके हैं,
अर्जुन, मेरे और तुम्हारे।
यह सब तुम तो नहीं जानते,
जानता हूँ मैं जन्म सारे॥ 4.5॥

अजन्मा और अविनाशी मैं,
सारे जीवों का स्वामी हूँ।
फिर भी प्रकृति को अधीन कर,
माया से खुद को प्रकट करूँ॥ 4.6॥

हे भारत, जब-जब दुनिया में,
धर्म का ह्रास हो जाता है।
तब प्रकट स्वयं को करता हूँ,
जब भी अधर्म बढ़ जाता है॥ 4.7॥

सज्जनों की रक्षा के लिए,
और नष्ट करने दुष्टों को।
पुनरुत्थान धर्म का करने,
युग-युग में प्रकट करूँ खुद को॥ 4.8॥

जन्म और कर्म दिव्य मेरे,
अगर तत्त्व से जाने इनको।
मरे तो पुनर्जन्म नहीं हो,
प्राप्त करे अवश्य वह मुझको॥ 4.9॥

राग, भय, क्रोध से मुक्त हुए,
मुझ में तन्मय,आश्रित मुझ पे।
पवित्र हो ज्ञानरूप तप से,
मुझे पा चुके भक्त बहुत से ॥ 4.10 ॥

मैं उस पर वैसी कृपा करूँ,
जो मुझको जैसे भजता है।
हर मनुष्य तो सब प्रकार से,
मेरे ही पथ पे चलता है ॥ 4.11 ॥

कर्मों से सिद्धि चाहकर कुछ,
देवों को लोग यहाँ पूजें।
शीघ्र सफलता मिल जाती है,
कोई यदि कर्म करे जग में ॥ 4.12 ॥

गुणों-कर्मों के आधार पर,
चातुर्वर्ण्य[35] बनाया मैंने।
उसका कर्ता होने पर भी,
तुम मानो कुछ न किया मैंने ॥ 4.13 ॥

कर्म लिप्त करते नहीं मुझे,
मेरी रुचि कर्मफल में नहीं।
ऐसे जो मुझे जानता है,
बँधता कर्म-बंधन में नहीं ॥ 4.14 ॥

यही जानकर कर्म किए थे,
पहले भी साधक लोगों ने।
तुम भी वैसे ही कर्म करो,
जैसे कि किए उन लोगों ने ॥ 4.15 ॥

कर्म क्या और क्या अकर्म है,
हैं भ्रमित सभी इस बारे में।
जान जिसे हो मुक्ति अशुभ से,
मैं कर्म बताऊँ वही तुम्हें ॥ 4.16 ॥

अवश्य जानो तत्त्व कर्म[36] का,
विकर्म[37] को भी तुम पहचानो।
अकर्म[38] का भी तत्त्व जान लो,
गहन है, गति कर्म की, मानो ॥ 4.17 ॥

कर्म में जो अकर्म देखता,
देखता अकर्म में कर्म भी।
बुद्धिमान वही मनुष्यों में,
योगी है सबकुछ करके भी ॥ 4.18 ॥

कामना-संकल्प से विहीन,
सभी कार्य जिसके रहते हैं।
जल जाएँ कर्म ज्ञानाग्नि से,
उसको ही पंडित कहते हैं ॥ 4.19 ॥

आसक्ति त्याग कर्मफलों की,
निराश्रय सदा जो तृप्त रहे।
कर्मों में प्रवृत्त होकर भी,
कदापि वह कुछ भी नहीं करे ॥ 4.20 ॥

आशाविहीन, आत्मसंयमी,
त्याग दे अगर परिग्रह[39] सभी।
कर्म करे मात्र शरीर हेतु,
उसे पाप नहीं होगा कभी ॥ 4.21 ॥

सहज मिले, संतुष्ट उसी से,
ईर्ष्या-विहीन,परे द्वंद्व से।
समान सफलता-विफलता में,
कर्म करे पर बँधे न उससे ॥ 4.22 ॥

है मुक्त और आसक्ति-रहित,
ज्ञान में जो मन को लगाए।
करे यज्ञ के लिए आचरण,
कर्म सभी विलीन हो जाएँ ॥ 4.23 ॥

ब्रह्म को अर्पित हवि[40] ब्रह्म की,
ब्रह्म-अग्नि में हवन ब्रह्म का।
ब्रह्मकर्म की समाधि में जो,
है गंतव्य ब्रह्म ही उसका ॥ 4.24 ॥

केवल देवताओं के लिए,
कई अन्य योगी यज्ञ करें।
कई अन्य ब्रह्म-अग्नि में ही,
यज्ञ से यज्ञ[41] का हवन करें ॥ 4.25 ॥

कुछ तो श्रोतादि इंद्रियों[42] को,
संयम-अग्नि में अर्पित करें।
कुछ अन्य शब्दादि[43] विषयों को,
इंद्रिय-अग्नि में स्वाहा करें ॥ 4.26 ॥

ज्ञान से प्रदीप्त जो होती,
आत्मसंयमयोग-ज्वाला[44] में।
प्राण और सभी इंद्रियों के,
कर्मों का हवन कई कर दें ॥ 4.27 ॥

द्रव्य-यज्ञ, तप-यज्ञ कुछ करें,
योग-यज्ञ भी अनेक करते।
स्वाध्याय-यज्ञ[45], ज्ञान-यज्ञ भी,
दृढ़व्रतधारी साधक करते ॥ 4.28 ॥

प्राण[46] अर्पित अपान[47] वायु में,
अपान अर्पित प्राण वायु में।
रोक प्राण-अपान की गति, कुछ,
प्राणायाम से यज्ञ कर लें ॥ 4.29 ॥

कुछ करें नियमित आहार से,
प्राणों में अर्पण प्राणों का।
ये सब यज्ञ जानने वाले,
यज्ञ विनाश करे पापों का ॥ 4.30 ॥

भोगें यज्ञशिष्ट[48] अमृत को,
सनातन ब्रह्म को प्राप्त करें।
यह लोक नहीं यज्ञहीन का,
क्या अन्य लोक की बात कहें ॥ 4.31 ॥

ऐसे यज्ञ बहुत प्रकार के,
बताए गए वेदों में जो।
इन्हें कर्म से पैदा जानो,
मुक्त हो जाए जान ले जो ॥ 4.32 ॥

ज्ञानयज्ञ श्रेयस्कर होता,
द्रव्यमय यज्ञ की तुलना में।
अर्जुन, पूर्ण रूप से होता,
सब कर्मों का अंत ज्ञान में ॥ 4.33 ॥

ज्ञान पाने का प्रयत्न करो,
तुम ज्ञानी तत्त्वदर्शियों से।
दंडवत करके, प्रश्न करके,
या ज्ञान मिलेगा सेवा से॥ 4.34॥

यही ज्ञान जब मिल जाएगा,
ना होगा ऐसा मोह कभी।
तब तुम समस्त प्राणि-मात्र को,
देखोगे खुद में, मुझ में भी॥ 4.35॥

अगर समस्त पापियों से भी,
बहुत बड़ा पापी कोई हो।
ज्ञान की नाव से वह भी तो,
तर सकता है पाप-सिंधु को॥ 4.36॥

प्रज्वलित अग्नि जिस प्रकार से,
पूर्ण-भस्म करती ईंधन को।
ज्ञान की अग्नि, उसी तरह से,
भस्म करे सारे कर्मों को॥ 4.37॥

इस जगत् में ज्ञान के जैसा,
कुछ और पवित्र नहीं होता।
योग सिद्ध हो जाने से यह,
अपने आप समय से मिलता॥ 4.38॥

श्रद्धालु जितेंद्रिय[49], तत्पर[50] जो,
वही तो ज्ञान को प्राप्त करे।
ज्ञान प्राप्त कर बहुत शीघ्र ही,
वह परमशांति भी प्राप्त करे॥ 4.39॥

अश्रद्धालु और अज्ञानी,
संशयी पुरुष का विनाश हो।
इस लोक में या परलोक में,
कहीं भी सुख ना मिले उसको ॥ 4.40 ॥

कर्म परित्यक्त योग से हों,
संशय नष्ट ज्ञान से जिसका।
आत्मवान भी होता है जो,
कभी कर्मों से नहीं बँधता ॥ 4.41 ॥

अत: अज्ञान से पैदा जो,
हृदय में स्थित उस संशय को।
काटकर ज्ञान की कृपाण से,
योग का आश्रय लेकर उठो ॥ 4.42 ॥

संदर्भ—

32. वैवस्वत मनु
33. सूर्यवंशी राजा
34. जो कि राजा और ऋषि दोनों थे
35. चार वर्णों वाली व्यवस्था
36. शास्त्र-विहित क्रिया
37. शास्त्र-वर्जित कर्म
38. कर्म का परित्याग
39. वस्तुओं का स्वामित्व
40. आहुति
41. आत्मा का परब्रह्म से साक्षात्कार
42. कान और अन्य इंद्रियाँ
43. शब्द और अन्य विषय
44. आत्मसंयमयोग-रूप अग्नि
45. शास्त्रों का अध्ययनरूपी यज्ञ
46. अंदर आनेवाली साँस
47. बाहर जानेवाली साँस
48. यज्ञ से बचा हुआ
49. जिसने अपनी इंद्रियों को वश में कर लिया हो
50. सतत प्रयत्नशील

□

अध्याय-5

कर्मयोग और कर्मसंन्यास

अर्जुन ने कहा

तुम कहते कर्म त्यागने को,
फिर कर्मयोग बतलाते हो।
एक बात निश्चित बतलाओ,
जो दोनों में श्रेयस्कर हो ॥ 5.1 ॥

श्री भगवान् ने कहा

कर्मसंन्यास, कर्मयोग भी,
दोनों ही, कल्याण कराएँ।
करें अगर तुलना दोनों की,
कर्मयोग को उत्तम पाएँ ॥ 5.2 ॥

उसे नित्यसंन्यासी[51] मानो,
जो करता इच्छा-द्वेष नहीं।
सुखपूर्वक मुक्त बंधनों से,
होता, अर्जुन, निर्द्वंद्व[52] वही ॥ 5.3 ॥

सांख्य और योग[53] अलग होते,
पंडित नहीं अनाड़ी कहते।
एक के सही अनुपालन से,
अवश्य दोनों के फल मिलते ॥ 5.4 ॥

स्थान सांख्य से जो मिलता है,
योग से भी मिल जाता वही।
सांख्य और योग एक ही हैं,
इसे समझे, समझदार वही ॥ 5.5 ॥

हे महाबाहु, योग बिना तो,
कठिन है संन्यास पाना भी।
जो मुनि योग-युक्त होता है,
ब्रह्म को पाता वह शीघ्र ही ॥ 5.6 ॥

योग-युक्त विशुद्धमनवाला,
जितेंद्रिय और आत्मसंयमी।
अपनापन हो सब जीवों से,
हो सब करके भी लिप्त नहीं ॥ 5.7 ॥

देखे, चले, छुए, सूँघे या,
साँस ले, खाए, सोए, सुने।
फिर भी कुछ नहीं करूँ ऐसा,
ज्ञानी योगी सदैव माने ॥ 5.8 ॥

बोले, त्यागे या ग्रहण करे,
खोले आँखें या बंद करे।
लगीं इंद्रियाँ ही विषयों में,
वह धारण यही विचार करे ॥ 5.9 ॥

ब्रह्म को समर्पित कर्म करे,
जो बिन आसक्ति कर्मफल से।
यों पाप नहीं लिपटें उससे,
ज्यों नीर कमल के पत्ते से॥ 5.10॥

योगी तन,मन और बुद्धि से,
तथा इंद्रियों के द्वारा भी।
आसक्ति त्यागकर कर्म करे,
मात्र आत्मशुद्धि के लिए ही॥ 5.11॥

कर्मफल को त्याग के योगी,
परम शांति को अवश्य पाता।
योग-विहीन काम के वश में,
फलों के मोह से बँध जाता॥ 5.12॥

मन से त्याग सभी कर्मों को,
संयमी पुरुष रहता सुख में।
कुछ भी बिन किए कराए ही,
नौ द्वारों वाली नगरी[54] में॥ 5.13॥

कर्तापन की, कर्मों की, या
कर्मफल-संयोग की रचना।
परमेश्वर कभी नहीं करता,
प्रकृति को ही यह सब करना॥ 5.14॥

परमात्मा न कभी ग्रहण करे,
पापकर्म या पुण्यकर्म को।
अज्ञान, ज्ञान को ढके हुए,
कराए मोहग्रस्त सबको॥ 5.15॥

नष्ट अगर कोई कर पाए,
अपने ज्ञान से अज्ञान को।
तब सूर्य समान ज्ञान उसका,
प्रकाशित करे परब्रह्म को ॥ 5.16 ॥

मन, बुद्धि, निष्ठा में वही हो,
वही रहे परमलक्ष्य जिसका।
पाप ज्ञान से धुल जाते हैं,
कभी न पुनर्जन्म हो उसका ॥ 5.17 ॥

रहे ब्राह्मण, गाय या हाथी,
कुत्ता हो या कुत्ताभक्षी।
पंडित उस मनुष्य को मानें,
जो रहे सभी में समदर्शी[55] ॥ 5.18 ॥

जन्म-मृत्यु को यहीं जीत ले,
मन जिसका समता में रहता।
ब्रह्म निर्दोष समान सब में,
इसलिए वह ब्रह्म में रहता ॥ 5.19 ॥

ब्रह्म में स्थित ब्रह्मज्ञानी,
स्थिरबुद्धि, सम्मोहरहित जो।
अच्छा मिले तो हर्षित नहीं,
बुरा मिलने से विचलित न हो ॥ 5.20 ॥

बाह्य सुखों से उसे न मतलब,
आत्मा के सुख को ही भोगे।
वह ब्रह्मयोग में लीन हुए,
सदैव अक्षय सुख को भोगे ॥ 5.21 ॥

हे अर्जुन, जो सुख बाहर के,
वे स्रोत दुखों का ही बनते।
आदि-अंत इनके होते हैं,
बुद्धिमान ना इनमें रमते ॥ 5.22 ॥

कोई सह सके वेग ऐसा,
जो काम-क्रोध से हो पैदा।
मौत से पहले, इसी जग में,
वह योगी है, वह सुखी सदा ॥ 5.23 ॥

अंदर से सुखी, अंतर्मुखी,
आत्मज्ञानी जो होता है।
वह योगी ब्रह्मरूप बनके,
ब्रह्मनिर्वाण को पाता है ॥ 5.24 ॥

जिसके पापों का नाश हुआ,
जिसने संशय भी छिन्न करे।
सर्वहितैषी आत्मवान[56] ऋषि,
ब्रह्मनिर्वाण को प्राप्त करे ॥ 5.25 ॥

आत्मसंयमी आत्मज्ञानी,
जो काम-क्रोध से मुक्त रहे।
स्वरूपसिद्ध[57] वह हर हाल में,
ब्रह्मनिर्वाण को प्राप्त करे ॥ 5.26 ॥

बाह्य विषयों को बाहर रखे,
दृष्टि भौहों के बीच में हो।
नासिका में जो विचरे, वही,
समान प्राण-अपान वायु हो ॥ 5.27 ॥

इंद्रिय-मन-बुद्धि करे वश में,
जो मुनि मोक्ष-परायण[58] रहता।
इच्छा-भय-क्रोध-विहीन रहे,
मुक्त सदैव वही तो रहता॥ 5.28॥

मैं यज्ञ-तपों का भोक्ता हूँ,
सब लोकों का ईश्वर मानें।
शुभ-चिंतक सभी प्राणियों का,
शांति मिले यदि इसको जानें॥ 5.29॥

संदर्भ—

51. सतत संन्यासी
52. दुविधा से रहित
53. कर्मसंन्यास और कर्मयोग
54. शरीर के लिए प्रयुक्त एक उपमा (दो कान, दो नेत्र, दो नासिका, एक मुख, दो मल-मूत्र के त्याग हेतु, इस प्रकार कुल नौ द्वार हैं)
55. समभाव से देखनेवाला
56. जिसका स्वयं पर नियंत्रण हो
57. जिसने आत्म-साक्षात्कार कर लिया हो
58. जो मोक्ष को ही परम लक्ष्य समझे

□

अध्याय-6

ध्यानयोग

श्री भगवान् ने कहा

अग्नि छोड़ न बने संन्यासी,
न बने क्रिया त्यागकर योगी।
बिन फल चाहे कर्म करे जो,
वह है संन्यासी, वह योगी ॥ 6.1 ॥

सब लोग जिसे संन्यास कहें,
उसी को समझो तुम योग भी।
अर्जुन, न बने योगी कोई,
संकल्प-त्याग के बिना कभी ॥ 6.2 ॥

योगारूढ़[59] होने के लिए,
कर्मों को करना साधन है।
योगारूढ़ होने के बाद,
कर्मनिवृत्ति ही साधन है ॥ 6.3 ॥

इंद्रिय-विषयों से दूर रहे,
सकाम-कर्म भी नहीं भाएँ।
सब संकल्पों का त्याग करे,
योगारूढ़ तभी कहलाए ॥ 6.4 ॥

स्वयं करे उद्धार स्वयं का,
स्वयं करे ना पतन स्वयं का।
स्वयं कभी हो मित्र स्वयं का,
स्वयं कभी हो शत्रु स्वयं का ॥ 6.5 ॥

जो स्वयं को जीते स्वयं से,
वह स्वयं स्वयं का मित्र बने।
अगर स्वयं से हार मान ले,
तब स्वयं स्वयं का शत्रु बने ॥ 6.6 ॥

गर्मी-सर्दी या सुख-दुख हों,
मान और अपमान, सभी में।
जो खुद को जीत शांत रहता,
वह पुरुष लीन परमात्मा में ॥ 6.7 ॥

ज्ञान-विज्ञान में तृप्त रहे,
कूटस्थ[60], जितेंद्रिय भी होना।
वह योगी कुशल और उसको,
समान कंकड़-पत्थर-सोना ॥ 6.8 ॥

शत्रु, मित्र, द्वेषी, संबंधी,
उदासीन, मध्यस्थ, हितैषी,
सज्जन, पापी, कोई भी हो,
है श्रेष्ठ, सभी में समदर्शी ॥ 6.9 ॥

शरीर–मन को संयमित करे,
योगी, अकेला एकांत में।
आशा और परिग्रह छोड़े,
मन सतत लीन हो आत्मा में ॥ 6.10 ॥

स्थापित करे शुद्ध जगह में,
योगी, सुदृढ़ आसन अपना।
ना अति ऊँचा, ना अति नीचा,
कुश–मृगछाला–वस्त्र बिछौना ॥ 6.11 ॥

मन और इंद्रियाँ वश में कर,
एकाग्रचित्त बैठे उस पे।
फिर आत्मशुद्धि के लिए करे,
योगाभ्यास उसी आसन पे ॥ 6.12 ॥

सीधे रख धड़, सिर, गर्दन को,
रखे अचल और स्थिर खुद को।
कभी न देखे इधर–उधर वह,
वह बस देखे नासिकाग्र को ॥ 6.13 ॥

अंत:करण शांत कर अपना,
निडर स्थित हो ब्रह्मचर्य में।
संयमित मन मुझमें लगाए,
बैठे, कर परम लक्ष्य मुझमें ॥ 6.14 ॥

वशीभूतमनवाला योगी,
मन को ऐसे सदा लगाए।
स्थित जो होती मुझमें, वही,
मोक्षपरमा शांति को पाए ॥ 6.15 ॥

जो बहुत अधिक ही खाता है,
या एकदम ही नहीं खाता।
जो सोता या जगता ज्यादा,
अर्जुन, वह योग नहीं पाता॥ 6.16॥

समुचित आहार-विहार करे,
समुचित हो कर्मों की चेष्टा।
समुचित सोना, समुचित जगना,
तभी योग बनता दुखनष्टा॥ 6.17॥

जब कभी चित्त वश में करके,
वह आत्मा में रम जाता है।
विषयों में आसक्ति न होती,
तब योगी वह कहलाता है॥ 6.18॥

न हिले ज्योति, जहाँ वायु न हो,
यही उपमा योगी के लिए।
जिसका वश में मन हो अपना,
रहता आत्मा में ध्यान किए॥ 6.19॥

योगाभ्यास से निरुद्ध चित्त,
भावशून्य जिसमें हो जाए।
जिसमें वह खुद से खुद को ही,
खुद में देख तुष्ट हो जाए॥ 6.20॥

जो इंद्रियों से भी परे है,
बुद्धिग्राह्य उस अनंत सुख को।
जिसमें पाए, जिसमें रहकर,
कभी छोड़ता नहीं तत्त्व को॥ 6.21॥

जिसे प्राप्त कर कभी न उसको,
कुछ अन्य लाभ ज्यादा भाए।
जिसमें सदा स्थित होने से,
दारुण दुख भी नहीं सताए॥ 6.22 ॥

दुख-संयोग[61] का नाशक यही,
योग नाम से जाना जाए।
दृढ निश्चय से अभ्यास करें,
ध्यान में मन बिना उकताए॥ 6.23 ॥

संकल्पजनित इच्छाओं का,
त्याग करे संपूर्ण रूप से।
इंद्रिय-समूह को मन से ही,
वश में कर ले सब प्रकार से॥ 6.24 ॥

धीर बुद्धि से धीरे-धीरे,
पूर्ण भाव-निवृत्त हो जाए।
मन को आत्मा में मग्न करे,
कुछ अन्य नहीं सोचे-ध्याये॥ 6.25 ॥

यह चंचल-अस्थिर मन उसका,
जहाँ-जहाँ भी भागा जाए।
वहाँ-वहाँ से वश में करके,
आत्मा में ही उसे लगाए॥ 6.26 ॥

मन शांत रहे उस योगी का,
हो शांत रजोगुण[62] भी उसका।
पापहीन हो, लीन ब्रह्म में,
अनुभव करता उत्तम सुख का॥ 6.27 ॥

आत्मा में योग करे ऐसे,
योगी पापमुक्त हो जाए।
सान्निध्य ब्रह्म का सहज मिले,
अतिशय सुख अवश्य वह पाए॥ 6.28 ॥

सभी प्राणियों में परमात्मा,
सब प्राणी हैं परमात्मा में।
जो योगयुक्त, देखता यही,
समदर्शी होता है सब में॥ 6.29 ॥

जो मुझे देखता है सब में,
जो मुझमें ही सबको पाता।
वह मुझसे दूर नहीं होता,
मैं उससे दूर नहीं जाता॥ 6.30 ॥

सब में एकत्व मानकर जो,
सभी में स्थित मुझको भजता।
जहाँ कहीं भी हो वह योगी,
वह सदैव मुझमें ही बसता॥ 6.31 ॥

हे अर्जुन, अपने जैसे ही,
सबको ही समान जो पाए।
कुछ सुख हो या दुख हो चाहे,
वही श्रेष्ठ योगी कहलाए॥ 6.32 ॥

अर्जुन ने कहा

मधुसूदन[63], साम्ययोग ऐसा,
जो अभी आप ने बतलाया।
मन है चंचल, अतैव इसका,
अचल रूप समझ नहीं पाया॥ 6.33 ॥

हे कृष्ण,मन चंचल ही नहीं,
उच्छृंखल[64], बली, हठीला भी।
ज्यों कठिन वायु वश में करना,
वैसे ही मन का निग्रह भी॥ 6.34॥

श्री भगवान् ने कहा

संदेह नहीं, मन चंचल है,
इसे कठिन है वश में करना।
पर अभ्यास या वैराग्य से,
संभव इसको वश में करना॥ 6.35॥

योग कठिन उच्छृंखल मन से,
मेरा भी है यही मानना।
वशीभूत मन के प्रयास से,
संभव होता इसका मिलना॥ 6.36॥

अर्जुन ने कहा

श्रद्धा हो पर प्रयास असफल,
अतः योग से मन हट जाए।
योग-सिद्धि मिले नहीं जिसको,
हे केशव, फिर वह क्या पाए॥ 6.37॥

जगत् का सहारा नहीं उसे,
योग-पथ की मंजिल भी नहीं।
छिन्न-भिन्न बादल के जैसे,
हो जाए विनष्ट वह न कहीं॥ 6.38॥

कर सकते आप पूर्णता से,
छेदन मेरे इस संशय का।
जो छेद सके इस संशय को,
कोई भी और नहीं ऐसा ॥ 6.39 ॥

श्री भगवान् ने कहा

इस लोक में या परलोक में,
उसका नाश नहीं हो सकता।
जो करता है शुभ कर्म, पार्थ,
दुर्गति ना कोई पा सकता ॥ 6.40 ॥

पहले दीर्घकाल तक रहता,
पुण्यात्माओं के लोकों में।
योगभ्रष्ट जन्म लेता फिर,
संपन्न सज्जनों के घर में ॥ 6.41 ॥

अन्यथा ज्ञानी योगियों के,
कुल में ही जन्म मिले उसको।
इस जग में दुर्लभ जो होता,
ऐसा ही जन्म मिले उसको ॥ 6.42 ॥

ज्ञान अर्जित पूर्व के तन से,
अनायास उसको मिलता है।
उससे भी अधिक साधना का,
अर्जुन, वह प्रयत्न करता है ॥ 6.43 ॥

पूर्व के अभ्यास के कारण,
स्वतः साधना में लग जाए।
हो जाए जिज्ञासु योग का,
शब्द-ब्रह्म[65] से आगे जाए ॥ 6.44 ॥

कठिन साधना के प्रयत्न से,
उसके सभी पाप मिट जाएँ।
सिद्ध होकर कई जन्मों में,
फिर उसे परमगति मिल जाए॥ 6.45॥

तपस्वियों से बढ़कर योगी,
ज्ञानियों से श्रेष्ठ है योगी।
कर्मियों से बेहतर योगी,
अर्जुन तुम अत: बनो योगी॥ 6.46॥

सभी योगियों में भी कोई,
जो श्रद्धापूर्वक भजे मुझे।
मुझ में लीन अंतरात्मा से,
परमयोगी मैं मानूँ उसे॥ 6.47॥

संदर्भ—

59. योग में स्थित
60. अविचल एवं विकाररहित।
61. दुखों से संयोग
62. प्रकृति के तीन गुणों में से एक रजोगुण, जो मोह और आवेग का द्योतक है।
63. कृष्ण का एक नाम, जो कि मधु राक्षस को मारने के कारण मिला
64. अनियंत्रित
65. वेद

□

अध्याय-7

भगवत्-ज्ञान

श्री भगवान् ने कहा

जब मन लगाए, पार्थ, मुझमें,
मुझपे आश्रित योग करोगे।
संशय बिना, समग्ररूप से,
सुनो, मुझे जैसे जानोगे॥ 7.1 ॥

ज्ञान और विज्ञान बताऊँ,
मैं, पूर्ण रूप से, आज वही।
जिसे जानने से इस जग में,
जानने योग्य कुछ बचे नहीं॥ 7.2 ॥

सहस्त्र लोगों में कोई ही,
सिद्धि पाने का प्रयत्न करे।
प्रयत्नशील जनों में कोई,
वास्तव में मुझको जान सके॥ 7.3 ॥

आकाश, भूमि, जल, अग्नि, वायु,
मन, बुद्धि और अहंकार भी।

अपरा[66] प्रकृति होती मेरी,
भिन्न-भिन्न यूँ आठ तरह की ॥ 7.4 ॥

तुम जानो अपरा प्रकृति से,
भिन्न परा[67] प्रकृति होती है।
महाबाहु, ये जीवरूप है,
यही जगत् धारण करती है ॥ 7.5 ॥

इन दोनों प्रकृतियों को ही,
स्रोत सभी जीवों का मानो।
इस संपूर्ण संसार का ही,
उत्पत्ति-प्रलय मुझको जानो ॥ 7.6 ॥

अर्जुन, कुछ और नहीं होता,
मुझसे बढ़कर इस दुनिया में।
ये सभी गुथे मुझमें ऐसे,
ज्यों रहते मोती धागे में ॥ 7.7 ॥

हे अर्जुन, मैं जल में रस हूँ,
प्रकाश हूँ सूर्य-चंद्रमा में।
ओंकार सभी वेदों में हूँ,
नभ में ध्वनि, पौरुष पुरुषों में ॥ 7.8 ॥

पुण्य गंध मैं हूँ पृथ्वी में,
अग्नि में तेज भी मैं ही हूँ।
मैं तप हूँ सब तपस्वियों में,
सारे जीवों में जीवन हूँ ॥ 7.9 ॥

बीज सनातन सब जीवों का,
हे अर्जुन, मुझको ही मानो।
बुद्धिमानों की बुद्धि हूँ मैं,
तेज तेजस्वियों का जानो ॥ 7.10 ॥

मैं बलवानों का बल ऐसा,
जिसमें इच्छा-आसक्ति नहीं।
मैं वह काम हूँ प्राणियों में,
अर्जुन, जो धर्मविरुद्ध नहीं ॥ 7.11 ॥

सात्त्विक, राजसी, तामसी जो,
ये सभी भाव मुझसे ही हैं।
मगर समझो मैं इनमें नहीं,
और न तो ये मुझमें ही हैं ॥ 7.12 ॥

तीन गुणों वाले यही भाव,
समस्त जगत् को मोहित करें।
जिससे जान न सकते मुझको,
अविनाशी मैं गुणों से परे ॥ 7.13 ॥

त्रिगुणमयी जो माया मेरी,
वह दिव्य है और दुस्तर भी।
जो शरण ग्रहण करते मेरी,
पार कर सकते इसको वही ॥ 7.14 ॥

ना शरण ग्रहण करते मेरी,
मूर्ख, नराधम[68], दुष्कर्मी जो।
जिनका ज्ञान ढका माया से,
आसुरी भाव में डूबे जो ॥ ।7.15 ॥

अर्जुन, चार तरह के होते,
सत्कर्मी जो भजते मुझको।
आर्त[69], अर्थार्थी[70], ज्ञानी तथा,
जिज्ञासु, यही भजते मुझको॥ 7.16॥

उनमें विशिष्ट है ज्ञानी, जो
लीन सदैव अनन्य भक्ति में।
उसे अत्यधिक प्रिय मैं होता,
मेरी भी प्रीति रहें उसमें॥ 7.17॥

ये सभी श्रेष्ठ यद्यपि होते,
पर ज्ञानी तो मुझसा होता।
सतत लीन होता वह मुझमें,
उसका मैं परम लक्ष्य होता॥ 7.18॥

ज्ञानी बहुत जन्मों के बाद,
मुझको हासिल कर लेता है।
माने सबकुछ वासुदेव हैं,
वह सज्जन दुर्लभ होता है॥ 7.19॥

हर ले काम ज्ञान को जिनके,
अन्य देवों को पूजते वो।
पालन कर विशिष्ट नियमों का,
अपने स्वभाव से प्रेरित हो॥ 7.20॥

श्रद्धा से पूजा का इच्छुक,
जो-जो भक्त जिस-जिस रूप में।
उस-उस की अविचल श्रद्धा को,
स्थिर करूँ मैं उसी रूप में॥ 7.21॥

उस श्रद्धा से युक्त हुआ वह,
पूजा करे उस देवता की।
जिससे इच्छाएँ पूरी हों,
पर मेरे नियमानुसार ही ॥ 7.22 ॥

ऐसे अल्प-बुद्धि पुरुषों को,
नाशवान फल ही मिल पाते।
देवभक्त देवों को पाएँ,
मुझे मेरे भक्त ही पाते ॥ 7.23 ॥

अव्यक्त ने व्यक्त रूप लिया,
बुद्धिहीन यूँ जानें मुझको।
अविनाशी, सर्वोत्तम जो है,
समझें ना उस परम भाव को ॥ 7.24 ॥

मैं सबको प्रकट नहीं होता,
ढके योगमाया से खुद को।
मूर्ख नहीं जानें इस जग में,
मुझ ऐसे अविनाशी अज[71] को ॥ 7.25 ॥

जो चले गए, जो आएँगे,
या प्राणी जो मौजूद यहाँ।
उन सबको, अर्जुन, मैं जानूँ,
कोई न मुझको जाने यहाँ ॥ 7.26 ॥

राग-द्वेष से जो पैदा हो,
मोहित होकर उसी द्वंद्व से।
सम्मोहित रहें जन्म से ही,
अर्जुन, समस्त प्राणी जग के ॥ 7.27 ॥

जिनके पापों का अंत हुआ,
जिनके कर्म पुण्य होते हैं।
वे द्वंद्व–मोह से मुक्त हुए,
मुझे दृढ़व्रत से भजते हैं॥ 7.28 ॥

जरा[72]–मरण से मुक्ति हेतु जो,
यत्न करें मुझ पे आश्रित हो।
वे जानें ब्रह्म, सब अध्यात्म,
जानें वे संपूर्ण कर्म को॥ 7.29 ॥

अधिभूत[73] और अधिदेव[74] तथा,
अधियज्ञ[75] सहित जानें मुझको।
वे अंतकाल होने पर भी,
मन मुझ में रख पाएँ मुझको॥ 7.30 ॥

संदर्भ—

66. निम्न
67. उच्च
68. नीच
69. परेशान
70. धन चाहने वाला
71. जन्मरहित
72. बुढ़ापा
73. इसका अर्थ अगले अध्याय में परिभाषित है।
74. इसका अर्थ अगले अध्याय में परिभाषित है।
75. इसका अर्थ अगले अध्याय में परिभाषित है।

□

अध्याय-8

भगवत्-प्राप्ति

अर्जुन ने कहा

कृष्ण, बोलो वह ब्रह्म है क्या,
क्या अध्यात्म, कर्म क्या होता।
अधिभूत किसे सब कहते हैं,
अधिदेव बताओ क्या होता॥ 8.1॥

कहो केशव अधियज्ञ है क्या,
वह शरीर में कैसे रहता।
अंतकाल में आत्मसंयमी,
तुमको किस तरह जान सकता॥ 8.2॥

श्री भगवान् ने कहा

जो अक्षर[76], परम वह ब्रह्म है,
स्वभाव को ही अध्यात्म कहें।
जीव-सृष्टि का कारक जो है,
ऐसे विसर्ग[77] को कर्म कहें॥ 8.3॥

क्षर प्रकृति ही अधिभूत होती,
अधिदेव पुरुष[78] को कहते हैं।
मैं देह में स्थित परमात्मा,
अधियज्ञ मुझे ही कहते हैं ॥ 8.4 ॥

मेरा ही ध्यान करते हुए,
जो देह को त्याग के जाए।
इसमें कोई संदेह नहीं,
वह मेरे स्वरूप को पाए ॥ 8.5 ॥

जिस भी भाव का ध्यान करके,
अंतकाल त्यागे शरीर को।
पार्थ, उस भाव में लीन हुआ,
प्राप्त हो वह उस भाव ही को ॥ 8.6 ॥

इसलिए, अर्जुन, हर समय ही,
रख मुझे ध्यान में, युद्ध करो।
शक नहीं कि मुझको पाओगे,
मुझको अर्पित मन-बुद्धि करो ॥ 8.7 ॥

चित्त लगा अभ्यासयोग[79] में,
जो और कहीं भी ना जाए।
अर्जुन, जो ऐसे ध्यान करे,
परमात्मा दिव्य वही पाए ॥ 8.8 ॥

सर्वज्ञ[80], अचिंत्य[81], पुरातन[82] जो,
परे तमस[83] से, जो सूरज सा।
जो अणु से लघु, पालक सबका
सर्वनियंता[84], ध्यान उसी का ॥ 8.9 ॥

अंतकाल में अविचल मन से,
भक्ति-भावित योगबल से ही।
भौहों के बीच प्राण रखता,
पाए परमात्मा दिव्य वही ॥ 8.10 ॥

वेदज्ञ जिसे अक्षर कहते,
वैरागी मुनि पाते जिसको।
ब्रह्मचर्य करते चाह जिसे,
संक्षिप्त कहूँ अब उस पद[85] को ॥ 8.11 ॥

वश में कर इंद्रिय-द्वारों को,
मन रोक के अपने हृदय में।
मस्तक में रखकर प्राणों को,
रहे सतत योगधारणा में ॥ 8.12 ॥

एकाक्षर ब्रह्म ओम् का ही,
उच्चारण कर सोचे मुझको।
जो ऐसे देह त्यागता है,
वही पाता है परमगति को ॥ 8.13 ॥

निरंतर अनन्य चित्त से जो,
प्रतिदिन ही मेरा ध्यान करे।
पार्थ, सुलभ मैं उसको होता,
जो योगी नित यूँ लगा रहे ॥ 8.14 ॥

परम संसिद्धि[86] को पाकर ही,
महापुरुष जो जाते जग से।
मुझको पाकर फिर जन्म न हो,
दुखदायी इस अनित्य जग में ॥ 8.15 ॥

अर्जुन, पुनरावर्ती[87] होते,
उस ब्रह्मलोक तक लोक सभी।
लेकिन मुझे पाने के बाद,
पुनर्जन्म नहीं होता कभी॥ 8.16॥

ब्रह्मा का दिन हजार युग का,
हजार युगों की रात भी हो।
जो लोग इसे जानें ऐसे,
वही तो जानें दिन-रात को॥ 8.17॥

अव्यक्त[88] से व्यक्त[89] पैदा हों,
आगमन दिवस का जब होता।
विलीन उसी अव्यक्त में हों,
आरंभ रात का जब होता॥ 8.18॥

प्राणी-समूह बेबस होकर,
बारंबार ही जन्म लेता।
विलीन रात के प्रारंभ से,
दिन के शुरू में प्रकट होता॥ 8.19॥

लेकिन उस अव्यक्त से परे,
अन्य सनातन सूक्ष्मभाव है।
जब सब जीवों का विनाश हो,
तब भी होता नहीं नष्ट है॥ 8.20॥

अव्यक्त अक्षर जिसको कहें,
परमगति वही तो होती है।
उसको पाकर नहीं लौटते,
परमधाम वह मेरा ही है॥ 8.21॥

जिसके भीतर सारे प्राणी,
व्याप्त रहे सबकुछ जिससे ही।
हे अर्जुन, उस परमपुरुष को,
पा सकें अनन्य भक्ति से ही ॥ 8.22 ॥

जिस काल में शरीर–त्याग से,
योगी फिर से वापस आएँ।
अथवा वो पुनः नहीं लौटें,
आओ तुमको वही बताएँ ॥ 8.23 ॥

छह महीने उत्तरायण के,
अग्नि, ज्योति, दिन, शुक्लपक्ष हो।
ब्रह्मवेत्ता उस काल जाए,
प्राप्त करे वह तभी ब्रह्म को ॥ 8.24 ॥

छह महीने दक्षिणायन के,
धुआँ, रात या कृष्णपक्ष हो।
तब चंद्र–ज्योति को पाकर, फिर
योगी वापस आए जग को ॥ 8.25 ॥

शुक्ल और कृष्ण मार्ग[90] जग के,
दोनों ही शाश्वत होते हैं।
एक से जा फिर लौटें नहीं,
दूजे से वापस आते है ॥ 8.26 ॥

ये दो मार्ग अगर जाने तो,
योगी कोई ना मोहित हो।
इसलिए हर हाल में अर्जुन,
योग में सदा ही लगे रहो ॥ 8.27 ॥

वेदों से, यज्ञों से,तप से,
और दान से जो फल पाएँ।
मिले अधिक यदि यह सब जानें,
योगी परमधाम को पाएँ॥ 8.28 ॥

संदर्भ—

76. अविनाशी
77. त्याग अथवा यज्ञ
78. पुर अर्थात् शरीर में रहनेवाला पुरुष
79. जब योग व्यक्ति की आदत बन जाए
80. जो सबकुछ जाने
81. जिसकी कल्पना करना असंभव हो
82. प्राचीन
83. अंधकार
84. सबको अपने नियंत्रण में रखनेवाला
85. लक्ष्य
86. सर्वोच्च परिपूर्णता
87. बार-बार आवागमन
88. अप्रकट (ब्रह्माजी का सूक्ष्म शरीर)
89. प्रकट (चराचर)
90. जिस मार्ग में ज्ञान का प्रकाश है वह शुक्ल और जिसमें उसका अभाव है वह कृष्ण।

□

अध्याय-9

परमगुह्य ज्ञान

श्री भगवान् ने कहा

गुह्यतम[91] ज्ञान-विज्ञान कहूँ,
तुम हो विहीन दोष-दृष्टि[92] से।
इसे जानकर अवश्य ही तुम,
हो जाओगे मुक्त अशुभ से ॥ 9.1 ॥

यह श्रेष्ठ पवित्र राजविद्या[93],
सभी रहस्यों का राजा है।
प्रत्यक्ष अनुभव करने योग्य,
आसान, धर्ममय, अव्यय है ॥ 9.2 ॥

इस धर्म में यदि श्रद्धा नहीं,
तो मुझको कभी नहीं पाए।
मृत्यु के संसार के पथ में,
पार्थ, वापस लौट के आए ॥ 9.3 ॥

अपने अव्यक्त रूप द्वारा,
संपूर्ण जगत् में व्याप्त रहूँ।
मुझमें रहते हैं जीव सभी,
फिर भी मैं उनमें नहीं रहूँ ॥ 9.4 ॥

योग–ऐश्वर्य देखो मेरा,
मानो, जीव नहीं हैं मुझमें।
जनक और पालक जीवों का,
फिर भी लिप्त नहीं हूँ उनमें॥ 9.5 ॥

सर्वत्र बहने वाली हवा,
जिस तरह रहती आकाश में।
उसी तरह से प्राणी सारे,
मानो तुम, रहते हैं मुझमें॥ 9.6 ॥

जीव पाएँ प्रकृति को मेरी,
जब होता है अंत कल्प का।
फिर से कल्प के प्रारंभ में,
अर्जुन, सृजन मैं करूँ उनका॥ 9.7 ॥

अपनी प्रकृति को सक्रिय कर,
बारंबार सृजन मैं करता।
प्रकृति के वश जो बेबस रहे,
उस भूत–समुच्चय[94] को सृजता॥ 9.8 ॥

धनंजय,जो कर्म हैं मेरे,
बँधता नहीं कभी मैं उनमें।
उदासीन की तरह रहूँ मैं,
अनासक्त उन सब कर्मों में॥ 9.9 ॥

प्रकृति मेरी अध्यक्षता में,
सकल चराचर जग को सृजती।
हे कौन्तेय, इसी कारण से,
दुनिया सदा बदलती रहती॥ 9.10 ॥

आश्रित मान मनुष्य देह पे,
मूर्ख तिरस्कृत करते मुझको।
जानें ना परमभाव मेरा,
ना समझें मुझ परमेश्वर को ॥ 9.11 ॥

वृथा आशा और कर्म वृथा,
चित्त विचलित और ज्ञान वृथा।
राक्षसी-आसुरी प्रकृति लिये,
वे रहते मोहित यहाँ सदा ॥ 9.12 ॥

महात्मा जो दैवी प्रकृति के,
अनन्य मन से भजते मुझको।
सब जीवों का आदि मानते,
वे समझें अविनाशी मुझको ॥ 9.13 ॥

वे करें सतत कीर्तन मेरा,
दृढ-व्रत से प्रयास करते हैं।
मुझे नमस्कार करते हुए,
भक्ति में लीन हो भजते हैं ॥ 9.14 ॥

कुछ अन्य पूजते हैं मुझको,
ज्ञानयज्ञ की पूजा द्वारा।
कई तरह से विश्वरूप में,
अद्वैत-द्वैत भावों द्वारा ॥ 9.15 ॥

कर्मकांड मैं, आहुति भी मैं,
यज्ञ भी मैं हूँ, स्वधा[95] भी मैं।
ओषधि[96] भी मैं, घृत भी मैं हूँ,
मंत्र भी मैं हूँ, अग्नि भी मैं ॥ 9.16 ॥

पिता जगत् का, माता, धारक,
पितामह मैं, मैं ज्ञेय भी हूँ।
मैं शुद्धिकर्ता, ओंकार भी
ऋक्-साम-यजुः वेद सभी हूँ ॥ 9.17 ॥

मैं लक्ष्य, पालक, शरण भी हूँ,
मैं निवास, स्वामी, साक्षी भी।
स्थान[97], निधान[98], बीज-अविनाशी,
मैं उत्पत्ति, प्रलय, स्नेही भी ॥ 9.18 ॥

मैं ही तपाऊँ, वर्षा करूँ,
वर्षा को रोकूँ भी मैं ही।
मैं अमरत्व, मृत्यु भी मैं हूँ,
सत् मैं, पार्थ, असत् भी मैं ही ॥ 9.19 ॥

वेदत्रयी[99] के सकाम कर्म,
निष्पापी करते सोम-पिए।
इंद्रलोक ही मिले पुण्यवश,
स्वर्ग में सब सुख उनके लिए ॥ 9.20 ॥

भोग स्वर्ग-सुख पुण्य क्षीण हों,
तब मृत्युलोक वापस आएँ।
त्रयीधर्म[100] के सकाम-कर्मी,
आने-जाने में फँस जाएँ ॥ 9.21 ॥

ध्यान अनन्य भाव से करके,
जो भी मेरी पूजा करता।
सतत साधनारत साधक का,
योगक्षेम वहन मैं करता ॥ 9.22 ॥

अन्य लोग जो देव-भक्त हों,
श्रद्धापूर्वक देव पूजते।
वास्तव में पूजें मुझको ही,
पर वे विधिवत् नहीं पूजते ॥ 9.23 ॥

सब यज्ञों का भोक्ता मैं ही,
मैं ही सब यज्ञों का स्वामी।
किंतु न मुझे तत्त्व से जानें,
हो जाएँ अत: अधोगामी[101] ॥ 9.24 ॥

देव पूजने से देव मिलें,
पितर-अर्चना पितर मिलाए।
भूत उपासक भूतों के हों,
मुझे मेरे भक्त ही पाएँ ॥ 9.25 ॥

जल, फल, फूल, पत्र यदि कोई,
भक्ति-भाव से मुझे चढ़ाए।
भक्तिमय भेंट स्वीकार करूँ
जो कुछ भी वह मन से लाए ॥ 9.26 ॥

जो करते हो, जो खाते हो,
जो हवन करो या दान करो।
तप आदि, अर्जुन, कुछ भी करो,
सब मुझको अर्पित किए करो ॥ 9.27 ॥

कर्म के फल और बंधन से,
इस तरह मुक्त हो जाओगे।
संन्यासयोग के योगी बन,
विमुक्त हो मुझको पाओगे ॥ 9.28 ॥

समान हैं सब प्राणी मुझको,
ना द्वेष करूँ, ना प्रेम करूँ।
जो मुझे भक्ति से भजते हैं,
वे मुझमें हैं, मैं उनमें हूँ॥ 9.29 ॥

भजे दुराचारी भी कोई,
सदा अनन्य भाव से मुझको।
उसका तो संकल्प सही है,
सज्जन ही तुम मानो उसको॥ 9.30 ॥

धर्मात्मा वह बने शीघ्र ही,
मिले शाश्वत शांति भी उसको।
देखो अर्जुन, सबसे कह दो,
मेरा भक्त न कभी नष्ट हो॥ 9.31 ॥

चाहे नारी, वैश्य, शूद्र हो,
कोई पापी भी हो चाहे।
रहे कोई, परम गति पाए,
अगर मेरी शरण में आए॥ 9.32 ॥

फिर पुण्य ब्राह्मण का क्या कहें,
क्या कहना भक्त राज-ऋषि का।
आए दुखमय अनित्य जग में,
करो भजन मुझ परमेश्वर का॥ 9.33 ॥

भक्त, आराधक मेरे बनो,
मन रख मुझमें तुम नमन करो।
आत्मा को मुझमें लीन किए,
अर्जुन, तुम मुझको प्राप्त करो॥ 9.34 ॥

संदर्भ—

91. सर्वाधिक गूढ़
92. दोष ढूँढ़ने की आदत
93. समस्त विद्याओं का राजा
94. प्राणियों का समूह
95. पितरों को अर्पित अन्न
96. यज्ञ में प्रयोग की जाने वाली जड़ी-बूटी
97. जिसमें सब स्थित होते हैं
98. कालांतर में उपभोग करने योग्य कर्मों का भंडाररूप
99. ऋक्, यजुः और साम ये तीन वेद
100. तीनों वेदों का अनुसरण करना
101. पतनोन्मुख

□

अध्याय-10

श्री भगवान् का ऐश्वर्य

श्री भगवान् ने कहा

हे महाबाहु, अब सुनो जरा,
परम उपदेश जो तुम्हें कहूँ।
प्रिय मानूँ तुमको मैं अपना,
तुम्हारे हित में तुमसे कहूँ ॥ 10.1 ॥

देवतागण या महा-ऋषि हों,
मेरी उत्पत्ति नहीं जानें।
महा-ऋषियों और देवों का,
उद्गम सबका मुझको मानें ॥ 10.2 ॥

मैं अज, अनादि, लोक-महेश्वर,
जो ऐसे मुझे जानता है।
जग में वह है सम्मोहरहित,
वह पाप-मुक्त हो जाता है ॥ 10.3 ॥

बुद्धि-ज्ञान हैं, असम्मोह भी,
क्षमा, सत्य, दम[102], शम[103], सुख, दुख भी।
होना और न होना भी हैं,
होते हैं भय और अभय भी ॥ 10.4 ॥

तप, तुष्टि, अहिंसा, समता हैं,
दान है, यश और अपयश भी।
ये होते भाव प्राणियों के,
ये अलग-अलग, ये मुझसे ही ॥ 10.5 ॥

सात महा-ऋषि[104], सारे ही मनु[105]
चारों कुमार[106] पूर्वकाल के।
ये मेरे मन से ही पैदा,
इनसे ही सब प्राणी जग के ॥ 10.6 ॥

मेरे विभूति और योग को,
अगर तत्त्व से जाने कोई।
योगयुक्त दृढ़ता से होता,
संदेह नहीं इसमें कोई ॥ 10.7 ॥

मूल स्रोत सभी का मैं हूँ,
सभी मुझसे ही विकसित हुए।
यही मानकर भजते मुझको,
विद्वान् श्रद्धा मन में लिये ॥ 10.8 ॥

चित्त और प्राण किए मुझमें,
परस्पर ज्ञानलाभ कमाएँ।
नित मेरी ही चर्चा करते,
संतुष्ट हुए रमते जाएँ ॥ 10.9 ॥

सतत साधनारत उन सबको,
ऐसे प्रेमी भक्तजनों को।
बुद्धियोग प्रदान करता हूँ,
जिससे वे प्राप्त करें मुझको ॥ 10.10 ॥

उनके हृदय में रहते हुए,
प्रकाशित करूँ ज्ञानदीप को।
अज्ञान-जनित तम नष्ट करूँ,
उनपे अनुकंपा करने को ॥ 10.11 ॥

अर्जुन ने कहा

परम-ब्रह्म हैं, परम-धाम हैं,
आप ही परम-पवित्र भी हैं।
दिव्य, अजन्मा, सनातन पुरुष,
आदि-देव, सर्वव्यापी हैं ॥ 10.12 ॥

सब ऋषि कहें आपको ऐसा,
यही देव-ऋषि नारद कहते।
कहते देवल, व्यास, असित भी,
स्वयं आप भी मुझसे कहते ॥ 10.13 ॥

मैं उसको सत्य मानता हूँ,
हे केशव, आप कहें जो भी।
आपके वास्तविक स्वरूप को
न जानें देव या दानव ही ॥ 10.14 ॥

हे भूतेश[107], हे भूतभावन[108],
हे देवदेव, हे जगत्पते।
अपने स्वरूप को पुरुषोत्तम,
केवल आप ही हैं जानते ॥ 10.15 ॥

जिस वैभव से इन लोकों में,
सर्वत्र ही आप व्याप्त रहें।
अपने उसी दिव्य वैभव को,
आप ही पूर्णतः बता सकें॥ 10.16॥

कहो, तुम्हें कैसे जानूँगा,
करूँ सदा यदि ध्यान तुम्हारा।
योगेश्वर, किन-किन रूपों में,
कर सकता मैं ध्यान तुम्हारा॥ 10.17॥

कृष्ण, अपने योग-वैभव को,
अब फिर से विस्तृत बतलाएँ।
ऐसे इस अमृत को सुनकर,
मेरी प्यास नहीं बुझ पाए॥ 10.18॥

श्री भगवान् ने कहा

अपने उसी दिव्य वैभव को
बतलाऊँ मैं तुम्हें आज ही।
है मेरा विस्तार असीमित,
मुख्य बात जो, कहूँ उसे ही॥ 10.19॥

हे गुडाकेश[109], मैं आत्मा हूँ,
जीवों के दिल में बसता हूँ।
मैं आदि-अंत सब जीवों का,
मैं ही मध्य भी सभी का हूँ॥ 10.20॥

मैं विष्णु सभी आदित्यों में,
अंशुमान सूर्य ज्योतियों में।
सब मरुतों में मैं मरीचि हूँ,
चंद्रमा सभी नक्षत्रों में॥ 10.21॥

वेदों में मैं सामवेद हूँ,
देवों में इंद्रदेव मैं हूँ।
मैं मन हूँ सभी इंद्रियों में,
चेतना प्राणियों में मैं हूँ॥ 10.22 ॥

सब रुद्रों[110] में मैं शंकर हूँ,
कुबेर यक्ष-राक्षसों में हूँ।
मैं पावक हूँ सब वसुओं[111] में,
पर्वत मेरु पर्वतों में हूँ॥ 10.23 ॥

जो प्रधान है पुरोहितों में,
वही बृहस्पति मुझको जानो।
सेनानियों में स्कंद[112] हूँ मैं,
जलाशयों में समुद्र मानो॥ 10.24 ॥

सब महर्षियों में मैं भृगु हूँ,
मैं शब्दों में एकाक्षर हूँ।
मैं जपयज्ञ सभी यज्ञों में,
अचलों में अचल हिमालय हूँ॥ 10.25 ॥

सभी देव-ऋषियों में नारद,
अश्वत्थ[113] सभी वृक्षों में हूँ।
चित्ररथ सभी गंधर्वों में,
कपिलमुनि सभी सिद्धों में हूँ॥ 10.26 ॥

जो अमृत से उत्पन्न हुआ,
वही उच्चैःश्रवा[114] अश्वों में।
श्रेष्ठ हाथियों में एरावत,
राजा हूँ सभी मनुष्यों में॥ 10.27 ॥

सब आयुधों में वज्र हूँ मैं,
मैं कामधेनु हूँ गायों में।
उत्पत्ति हेतु मैं कामदेव,
वासुकि सर्प सभी साँपों में ॥ 10.28 ॥

नागों में अनंत शेषनाग,
वरुणदेव सब जलदेवों में।
सभी पितरों में अर्यमा हूँ,
मैं यम हूँ सब नियामकों में ॥ 10.29 ॥

प्रह्लाद सभी दैत्यों में हूँ,
काल सभी गणनाकारों में।
सभी पशुओं में सिंह हूँ मैं,
मैं गरुड़ हूँ सब पक्षियों में ॥ 10.30 ॥

मैं वायु हूँ पवित्र-कारकों में,
राम सभी शस्त्रधारियों में।
जल-जीवों में मगरमच्छ हूँ,
मैं तो गंगा हूँ नदियों में ॥ 10.31 ॥

हे अर्जुन, सभी सृष्टियों का,
आदि-अंत और मध्य हूँ मैं।
विद्या में आध्यात्मिक विद्या,
वाद-विवाद में तर्क हूँ मैं ॥ 10.32 ॥

सभी अक्षरों में अकार हूँ,
द्वंद्व समास समासों में हूँ।
मैं वही काल जो अक्षय है,
मैं ही विश्वमुखी[115] धाता[116] हूँ ॥ 10.33 ॥

हूँ मृत्यु–सर्वभक्षी मैं ही,
जो होंगे उनका उद्‌भव हूँ।
कीर्ति, श्री, वाणी, स्मृति, मेधा,
धृति, क्षमा नारियों में मैं हूँ ॥ 10.34 ॥

मैं गीतों में हूँ बृहत्साम,
गायत्री मैं छंदों में हूँ।
हूँ मार्गशीर्ष मैं मासों में,
वसंत ऋतु मैं ऋतुओं में हूँ ॥ 10.35 ॥

करें जो छल, जुआँ हूँ उनमें,
तेज तेजस्वियों में मैं हूँ।
हूँ मैं निश्चय और विजय भी,
सात्त्विकों का सत्त्व भी मैं हूँ ॥ 10.36 ॥

वासुदेव वृष्णिवंशियों में,
धनञ्जय हूँ मैं पांडवों में।
सभी मुनियों में व्यास मुनि हूँ,
मैं उशना[117] कवि हूँ कवियों में ॥ 10.37 ॥

दंड दमन करनेवालों में,
जो चाहें विजय, नीति उनमें।
मैं मौन सब रहस्यों में हूँ,
ज्ञान हूँ मैं ज्ञानवानों में ॥ 10.38 ॥

उत्पन्न करे सब जीवों को,
हूँ मैं ही, पार्थ, बीज ऐसा।
कोई जो रहे बिना मेरे,
नहीं चराचर प्राणी ऐसा ॥ 10.39 ॥

जो मेरी दैवी विभूतियाँ,
अंत नहीं है अर्जुन उनका।
संक्षिप्त ही यह वर्णन किया,
मैंने अपनी विभूतियों का॥ 10.40॥

सुशोभित, वैभवशाली तथा,
तेजस्वी जो जो भी होता।
उस उस को देख उसे समझो,
मेरे तेज-अंश से पैदा॥ 10.41॥

मुझको बहु भाँति जानने से,
अर्जुन, हो तुम्हें लाभ कैसे।
समस्त जगत् मैं धारण करूँ,
बस अपने एक अंश ही से॥ 10.42॥

संदर्भ—

102. इंद्रियसंयम
103. मन का संयम
104. भृगु, वशिष्ठ आदि सात महर्षि।
105. चौदह मनु
106. सनक आदि चार कुमार (सनक, सनंदन, सनातन तथा सनत्कुमार)
107. सभी प्राणियों के स्वामी
108. सभी प्राणियों को उत्पन्न करनेवाले
109. नींद को जीतनेवाला (अर्जुन)
110. ग्यारह रुद्र
111. आठ वसु
112. कार्तिकेय (देवों के सेनापति)
113. पीपल
114. समुद्र-मंथन से प्राप्त घोड़ा
115. सभी दिशाओं में मुखवाला
116. विधाता
117. शुक्राचार्य

□

अध्याय-11

विराट् रूप

अर्जुन ने कहा

मुझपे कृपा करने के लिए,
उपदेश आपने आज दिया।
यह परमगूढ़, आध्यात्मिक है,
सब मोह मेरा अब मिट गया॥ 11.1॥

जीवों की उत्पत्ति-प्रलय का,
विस्तृत वर्णन किया आपने।
स्वयं का अव्यय माहात्म्य भी,
आज सुनाया, कृष्ण, आपने॥ 11.2॥

परमेश्वर, अपने बारे में,
आपने बताया है जैसा।
इच्छा है देखूँ आँखों से,
दैवी रूप आपका वैसा॥ 11.3॥

प्रभु, अगर आपको लगता है,
देखना संभव मेरे लिए।
तो अव्यय वही रूप अपना,
योगेश्वर, मुझको दिखाइए॥ 11.4॥

श्री भगवान् ने कहा

सैकड़ों हजारों रूपों को,
तुम देखो अर्जुन जी भरके।
कई प्रकार के दैवी रूप,
कई रंग के, कई ढंग के॥ 11.5॥

आदित्यों[118], वसुओं[119], रुद्रों[120] को,
अश्विनी कुमारों[121], मरुतों[122] को।
बहुत, जो पहले देखे नहीं,
देखो ऐसे आश्चर्यों को॥11.6॥

इस एक जगह संपूर्ण जगत्,
तुम देखो सकल चराचर को।
गुडाकेश, मेरे शरीर में,
जो तुम चाहो, देखो उसको॥ 11.7॥

पर अपनी इन आँखों से तुम,
मुझको देख नहीं सकते हो।
तुमको दिव्य चक्षु देता हूँ,
योग-ऐश्वर्य मेरा देखो॥ 11.8॥

संजय ने कहा

हे राजन, इस तरह बोलकर,
महायोगेश्वर हरि ने वहाँ।
अर्जुन के लिए दिखाया तब,
परम-ईश्वरीय रूप अपना॥ 11.9॥

अनेक मुख और नयन अनेक,
रूप अनोखे दिखने वाले।
अनेक दिव्य गहनों से सजे,
अनेक दैवी शस्त्रों वाले॥ 11.10॥

दिव्य वस्त्र-मालाएँ पहने,
दिव्य गंधों का लेपन किए।
आश्चर्यपूर्ण, अनंत, दैवी,
विश्वमुखी विराट् रूप किए ॥ 11.11 ॥

हजारों सूरज आकाश में,
अगर उदित हों एक साथ ही।
उससे जैसा प्रकाश होगा,
आभा वैसी परमेश्वर की ॥ 11.12 ॥

अनेक भागों में बँटा हुआ,
संपूर्ण जगत्, एक साथ ही।
देवाधिदेव के शरीर में,
तब कौन्तेय ने देखा वही ॥ 11.13 ॥

आश्चर्यचकित, रोमांचित हो,
भगवान् कृष्ण को अर्जुन ने।
नतमस्तक हुए प्रणाम किया,
हाथ जोड़ फिर लगा बोलने ॥ 11.14 ॥

अर्जुन ने कहा

आपकी देह में देखूँ मैं,
सब देवों, प्राणि-समूहों को।
कमलासन पर ब्रह्माजी को,
सभी दिव्य सर्पों, ऋषियों को ॥ 11.15 ॥

अनेक बाँहें, मुख, उदर, नेत्र,
सब ओर अनंत रूप देखूँ।
आदि-मध्य-अंत नहीं जिसका,
विश्वेश्वर, विश्वरूप देखूँ ॥ 11.16 ॥

धारण किए मुकुट, चक्र, गदा,
तेज-पुंज सब ओर चमकता।
देखूँ चकाचौंध, अप्रमेय,
दीप्त अग्नि या सूर्य चमकता ॥ 11.17 ॥

जानने लायक परम-अक्षर,
परम-निधान जगत् का जानूँ।
अव्यय, सनातन-धर्म-रक्षक,
शाश्वत पुरुष आपको मानूँ ॥ 11.18 ॥

आदि-मध्य-अंत बिना देखूँ,
अनंत शक्ति, अनंत भुजाएँ।
शशि-सूर्य आँखें, अनल-मुख है,
अपने तेज से जग तपाएँ ॥ 11.19 ॥

स्वर्ग से धरा का अंतराल,
आपसे व्याप्त सभी दिशाएँ।
यह उग्र अनोखा रूप देख,
तीनों लोक बहुत घबराएँ ॥ 11.20 ॥

देव-समूह समाएँ तुममें,
डरे कुछ करबद्ध स्तुति करें।
सिद्ध-महर्षिगण स्वस्ति कहकर,
उत्तम गीतों से स्तुति करें ॥11.21 ॥

रुद्र, आदित्य, वसु, साध्य, मरुत,
विश्वेदेव, पितृ, अश्विन भी।
सब यक्ष, असुर, गंधर्व, सिद्ध,
अचरज से देखें तुम्हें सभी ॥ 11.22 ॥

रूप विराट्, बहुत मुख-आँखें,
बहुत पेट, विकराल दाँत भी।
बहु चरण, भुजाएँ, जंघाएँ,
देख डरे सब जग, मैं खुद भी॥ 11.23॥

गगनचुंबी बहुरंगी देह,
विशाल दीप्त आँखें, मुख खुले।
देख हुआ विचलित मन मेरा,
धीरज या चैन मुझे न मिले॥ 11.24॥

भीषण दाँतों और मुखों को,
प्रलय-अग्नि सम देखते हुए।
दिग्भ्रमित हुआ मैं, शांति नहीं,
अब आप प्रसन्न हो जाइए॥ 11.25॥

धृतराष्ट्र-पुत्र, सब राजागण,
भीष्म-द्रोण भी, कर्ण साथ में।
हमारे मुख्य योद्धागण भी,
सब प्रविष्ट हो रहे आप में॥ 11.26॥

आपके मुखों में घुसें तीव्र,
कुछ फँसे बीच में दाँतों के।
विकराल भयानक दाढ़ों में,
चूर्णित हो गए शीश जिनके॥ 11.27॥

जल प्रवाह, नदियों के, जैसे,
समुद्र की ओर दौड़ते हैं।
वीर, नर-लोक के, वैसे ही,
आपके मुखों में घुसते हैं॥ 11.28॥

ज्यों पंतगे जलती आग में,
नाश हेतु तेजी से घुसते।
आपके मुखों में लोग, सभी,
नाश हेतु वैसे ही घुसते॥ 11.29॥

लोगों का आस्वादन करते,
निगलें सभी ज्वलंत मुखों से।
कर परिपूर्ण, तेज से, जग को,
तपाएँ, प्रभु, उग्र किरणों से॥ 11.30॥

हैं उग्र रूप में कौन, कहें,
प्रसन्न हों, प्रभु, मैं नमन करूँ।
मुझे जानना आदि आपका,
प्रयोजन आपका ना समझूँ॥ 11.31॥

श्री भगवान् ने कहा

मैं लोक-विनाशक महाकाल,
आया यहाँ संहार करने।
पक्ष-विपक्ष के योद्धा, यहाँ
तुम न लड़ो तब भी ना बचने॥ 11.32॥

इसलिए उठो यश-लाभ करो,
जीतो शत्रु, राज्य-सुख पाओ।
मार चुका इनको पहले ही,
अर्जुन, तुम निमित्त बन जाओ॥ 11.33॥

द्रोण, जयद्रथ, भीष्म, कर्ण को,
मार चुका मैं सब वीरों को।
तुम मारो इन्हें, व्यथा न करो,
लड़ रण में जीतोगे अरि को॥ 11.34॥

संजय ने कहा

केशव की ऐसी बातें सुन,
करबद्ध, काँपते अर्जुन ने।
डरकर नमन-प्रणाम किया, फिर,
रुँधे गले से लगा बोलने ॥ 11.35 ॥

अर्जुन ने कहा

सही है, तुम्हारे कीर्तन से,
जग हर्षित हो, आनंद करे।
असुर डरकर भागें सब ओर,
सिद्धगण, सब, नमस्कार करें ॥ 11.36 ॥

तुम श्रेष्ठ, नमन क्यों नहीं करें,
तुम्हीं ने बनाया ब्रह्मा को।
तुम अक्षर, अनंत, जग-आश्रय,
सत-असत या उससे परे जो ॥ 11.37 ॥

तुम आदि-देव, पुरुष-पुरातन,
तुम हो परम-निधान, विश्व के।
ज्ञाता, ज्ञेय, परमधाम तुम्हीं,
व्याप्त अनंतरूप जग तुमसे ॥ 11.38 ॥

तुम वायु, अग्नि, यम, वरुण, चंद्र,
तुम्हीं प्रजापति, प्रपितामह भी।
नमस्कार हजार बार तुम्हें,
नमस्कार है बार-बार ही ॥ 11.39 ॥

नमस्कार आगे-पीछे से,
नमस्कार है सभी ओर से।
तुम अनंतवीर्य, अमित विक्रमी,
सब हो तुम्हीं, व्याप्त सब तुमसे ॥ 11.40 ॥

हे कृष्ण, हे यादव, हे सखा,
मित्र मान जो बोला हठ से।
महिमा से अनजान कहा यूँ,
कहा प्रेम अथवा प्रमाद से ॥ 11.41 ॥

चलते, लेटे, बैठे, खाते,
अकेले या सबके बीच में।
हँसी-हँसी जो किया अनादर,
क्षमा करें उसके लिए हमें ॥ 11.42 ॥

पिता जग के, चराचर के हो,
तुम श्रेष्ठ गुरु, तुम पूज्य भी हो।
त्रैलोक्य में तुमसा न कोई,
फिर तुमसे बढ़कर कैसे हो ॥ 11.43 ॥

दंडवत हो प्रणाम करूँ मैं,
पूज्य प्रभु तुम्हें प्रसन्न करने।
पिता, मित्र, प्रेमी ज्यों करते,
मेरे अपराध सहन कर लें ॥ 11.44 ॥

मन होता है हर्षित-विचलित,
ना देखा पहले, देख उसे।
मुझे अब वही रूप दिखाएँ,
प्रभु मेरे प्रसन्न हों मुझसे ॥ 11.45 ॥

मुकुट-गदा हो, चक्र हाथ में,
देखना चाहता रूप वही।
चतुर्भुज-रूप धारण कर लें,
सहस्त्रबाहु[123], कृपा करें, यही ॥ 11.46 ॥

श्री भगवान् ने कहा

योग से परमरूप दिखाया,
प्रसन्न होकर, अर्जुन, मैंने।
तेजोमय, अनंत, विश्वरूप,
देखा पहले नहीं किसी ने ॥ 11.47 ॥

न वेदाध्ययन-यज्ञ-दान से,
न क्रिया या कठिन तप से कहीं।
दुनिया में यह रूप देखना,
कदापि किसी को संभव नहीं ॥ 11.48 ॥

अब और व्यथित-मोहित मत हो,
मेरा ऐसा रूप देखके।
वही रूप अब देखो मेरा,
निर्भय, प्रसन्न होकर फिर से ॥ 11.49 ॥

संजय ने कहा

ऐसा कहकर वासुदेव ने,
अपना रूप दिखाया फिर से।
अर्जुन को आश्वस्त कराया,
धारण कर सौम्यरूप फिर से ॥ 11.50 ॥

अर्जुन ने कहा

देखकर तुम्हारा मनुजरूप,
जो है, जनार्दन, सौम्य इतना।
शांतचित्त अब हुआ पुनः मैं,
पा लिया स्वभाव पुनः अपना ॥ 11.51 ॥

श्री भगवान् ने कहा

जो तुमने देखा रूप यहाँ,
अति दुर्लभ है इसका मिलना।
इसे देखने के लिए, सदा,
देवता करते हैं कामना ॥ 11.52 ॥

न तो वेदों से, न तप से ही,
न दान या यज्ञ से ही कभी।
कोई नहीं देख सकता है,
जिस तरह देखा तुमने अभी ॥ 11.53 ॥

किंतु अनन्य भक्ति के द्वारा,
अर्जुन, इस प्रकार से मुझको।
जान या देख सकें तत्त्व से,
और प्राप्त कर सकते मुझको ॥ 11.54 ॥

जो मुझे लक्ष्य कर कर्म करे,
भक्त मेरा, इच्छा से परे।
सब जीवों में वैर न जिसका,
अर्जुन, वह मुझको प्राप्त करे ॥ 11.55 ॥

संदर्भ—

118. बारह आदित्य
119. आठ वसु
120. ग्यारह रुद्र
121. दो अश्विनी कुमार
122. उनचास मरुद्गण
123. हजार भुजाओं वाले

□

अध्याय-12

भक्तियोग

अर्जुन ने कहा

सतत लीन हो इस प्रकार से,
जो भक्त पूजता है तुमको।
या अक्षर अव्यक्त भजे जो,
उनमें उत्तम मानें किसको॥ 12.1॥

श्री भगवान् ने कहा

सदा मन को मुझमें लगाए,
जो सतत पूजते मुझको ही।
अभिभूत, परमश्रद्धा से, हों,
मैं उत्तम मानूँ उनको ही॥ 12.2॥

जो अक्षर, अनिर्देश्य[124] होता,
अव्यक्त, अचिंत्य, सर्वगत भी।
कूटस्थ[125], अचल, ध्रुव[126] भी होता,
उपासना करते उसकी भी॥ 12.3॥

इंद्रिय-समूह वश में करके,
सभी में रहें समदर्शी जो।
वे ही तो मुझको प्राप्त करें
सभी जीवों के हितार्थी जो ॥ 12.4 ॥

लगा अव्यक्त में मन जिनका,
उन्हें अधिक कठिनाई होती।
सभी देहधारियों के लिए,
अव्यक्त-प्राप्ति दुष्कर होती ॥ 12.5 ॥

समस्त कर्म मुझे अर्पित कर,
जो मुझमें परमलक्ष्य करते।
ध्यायें मुझे अनन्य भाव से,
ऐसे मेरी पूजा करते ॥ 12.6 ॥

मृत्यु के संसार-सागर से,
अर्जुन, बिना विलंब किए ही।
मैं उनको पार कराता हूँ,
जो चित्त लगाएँ मुझमें ही ॥ 12.7 ॥

मन अपना मुझमें स्थिर करो,
अपनी बुद्धि लगाओ मुझमें।
रहोगे तब तुम मुझमें सदा,
संदेह नहीं कोई इसमें ॥ 12.8 ॥

चित्त को स्थिरता से ऐसे,
यदि तुम नहीं लगा सकते हो।
अर्जुन, तब अभ्यासयोग से,
मुझे पाने का प्रयत्न करो ॥ 12.9 ॥

असमर्थ यदि अभ्यास में तुम,
सदा करो कर्म मेरे लिए।
सिद्धि मिलेगी तुमको निश्चित,
करो, अगर, कर्म मेरे लिए॥ 12.10॥

यदि यह भी संभव नहीं तुम्हें,
तब मद्योग[127] का आश्रय लिये।
सब कर्म-फलों का त्याग करो,
खुद पे नियंत्रण करते हुए॥ 12.11॥

अभ्यासयोग से ज्ञान श्रेष्ठ,
उत्तम होता ध्यान, ज्ञान से।
ध्यान से श्रेष्ठ कर्मफल-त्याग,
शांति मिले तत्काल त्याग से॥ 12.12॥

द्वेषरहित सब जीवों के प्रति,
क्षमाशील, समान सुख-दुख में।
दयावान हो, मित्र सभी का,
ना ममत्व-अहंकार जिसमें॥ 12.13॥

संतुष्ट, योगी, दृढ़निश्चयी,
आत्मनियंत्रण जिसमें होता।
मन-बुद्धि करे अर्पित मुझमें,
ऐसा भक्त मुझे प्रिय होता॥ 12.14॥

जो ना हो उद्विग्न किसी से,
करे नहीं उद्विग्न किसी को।
हर्ष, अमर्ष[128], भय, उद्वेग से,
जो मुक्त हो, वही प्रिय मुझको॥ 12.15॥

इच्छाविहीन, शुद्ध, दक्ष जो,
करता, फल हेतु, प्रयत्न नहीं।
उदासीन, अनजान दर्द से,
प्रिय मुझको मेरा भक्त वही॥ 12.16॥

ना हर्षित हो, ना द्वेष करे,
ना शोक करे, ना इच्छा ही।
परित्याग करे शुभ-अशुभ का,
भक्ति में लीन, प्रिय मुझे वही॥ 12.17॥

समान शत्रु-मित्र में होता,
समान मान-अपमान में भी।
सर्दी-गर्मी या सुख-दुख हों,
समान सब में, आसक्ति नहीं॥ 12.18॥

सम रहे जो निंदा-स्तुति में,
हो स्थिर-बुद्धि, घरबार नहीं।
मौनी, संतुष्ट हर हाल में,
भक्ति में लीन, प्रिय मुझे वही॥ 12.19॥

इसी धर्ममय अमृत का जो,
यथाकथित अनुपालन करते।
जो श्रद्धालु, लक्ष्य मैं जिनका,
वे भक्त मुझे अति प्रिय होते॥ 12.20॥

संदर्भ—

124. जिसका वर्णन करना संभव नहीं
125. अपरिवर्तनशील
126. शाश्वत
127. समस्त कर्मों और उनके फलों को कृष्ण को समर्पित करना
128. असहिष्णुता

□

अध्याय-13

प्रकृति, पुरुष, चेतना

अर्जुन ने कहा

प्रकृति-पुरुष का वर्णन करें,
क्षेत्र तथा क्षेत्रज्ञ बताएँ।
केशव, ज्ञान किसे कहते हैं,
मुझे ज्ञेय भी आप बताएँ॥ 13.1॥

श्री भगवान् ने कहा

यही शरीर क्षेत्र कहलाता,
हे कौन्तेय, समझाऊँ तुम्हें।
जो भली-भाँति जाने इसको,
तत्त्वज्ञ उसे क्षेत्रज्ञ कहें॥ 13.2॥

हे भारत, समस्त क्षेत्रों में,
मानो तुम क्षेत्रज्ञ मुझे ही।
ज्ञान, क्षेत्र और क्षेत्रज्ञ का,
मैं मानूँ सच्चा ज्ञान यही॥ 13.3॥

जो क्षेत्र है, जिस तरह का है,
जो उसके विकार होते हैं,
क्षेत्रज्ञ और प्रभाव उसका,
आओ, संक्षिप्त सुनाते हैं ॥ 13.4 ॥

बहुविधि ऋषियों ने गाया है,
अनेक प्रकार के छंदों से।
क्षेत्र-क्षेत्रज्ञ का तत्त्व कहा,
तर्कसंगत ब्रह्मसूत्रों से ॥ 13.5 ॥

पाँच महाभूत[129], दस इंद्रियाँ[130],
मन, बुद्धि और अहंकार भी।
यहाँ मूल-प्रकृति भी होती,
पाँच विषय इंद्रियों[131] के, सभी ॥ 13.6 ॥

हैं इच्छा, द्वेष, सुख-दुख, सभी,
संघात[132], चेतना, धीरज भी।
क्षेत्र तथा विकार उसके जो,
संक्षिप्त बताए तुम्हें अभी ॥ 13.7 ॥

श्रेष्ठता के भाव का अभाव,
अदंभित्व[133] और अहिंसा हों।
क्षमा, सरलता, गुरु की सेवा,
स्थिरता, शौच, खुद पे वश हो ॥ 13.8 ॥

इंद्रिय-विषयों में अनासक्ति,
अहंकार का अभाव होना।
जन्म-मृत्यु, दुख, जरा, व्याधि में,
अनुभूति बुराई की होना ॥ 13.9 ॥

पुत्र-पत्नी, गृह आदि में भी,
आसक्ति और ममत्व ना हो।
इष्ट या अनिष्ट कुछ भी मिले,
हर हाल में समभाव ही हो ॥ 13.10 ॥

सदा मुझमें अनन्य योग से,
अव्यभिचारिणी[134] भक्ति करना।
एकांतवास में अभिरुचि हो,
चौपालों में मन ना लगना ॥ 13.11 ॥

अध्यात्मज्ञान में स्थिरता,
तत्त्वज्ञानार्थ मनन करना।
इस प्रकार से ज्ञान बताया,
अज्ञान वही जो ऐसा ना ॥ 13.12 ॥

ज्ञेय जो है, बताऊँ उसको,
अनादि परम ब्रह्म वह होता।
ज्ञान प्राप्त हो जान जिसे,
परे जो, सत-असत से, होता ॥13.13 ॥

सर्वत्र ही हाथ-पैर रहें,
सर्वत्र आँख, सिर, मुख भी हों।
सर्वत्र कान भी होते हैं,
सब में व्याप्त जग में स्थित हो ॥ 13.14 ॥

प्रकाशित हो इंद्रिय-गुणों से,
फिर भी इंद्रिय-विहीन होता।
सबका भर्ता, अनासक्त ही,
गुणरहित ही गुणों का भोक्ता ॥ 13.15 ॥

अंदर-बाहर सब जीवों के,
चाहे जड़ हों या जंगम हों।
है सूक्ष्म, अतः जानना कठिन,
दूर होता वह, पास भी हो ॥ 13.16 ॥

अविभक्त होते हुए भी वह,
जीवों में विभक्त स्थित रहे।
वह ज्ञेय प्राणियों का भर्ता,
संहार करे, उत्पत्ति करे ॥ 13.17 ॥

अंधकार से परे बताते,
ज्योतियों की भी ज्योति है वो।
है ज्ञान, ज्ञेय, ज्ञानगम्य[135] भी,
हृदय में सबके स्थित है वो ॥ 13.18 ॥

क्षेत्र, ज्ञान और ज्ञेय को यूँ,
संक्षिप्त बतलाया है तुम्हें।
मेरे भक्त जानकर इसको,
मेरे स्वरूप को प्राप्त करें ॥ 13.19 ॥

प्रकृति और पुरुष, दोनों ही,
बिना आदि के होते, जानो।
सभी विकारों और गुणों को,
प्रकृति से ही पैदा मानो ॥ 13.20 ॥

समस्त कार्य और कारण का,
हेतु प्रकृति को बताते हैं।
सब सुख-दुखों को भोगने का,
हेतु पुरुष को ही कहते हैं ॥ 13.21 ॥

पुरुष प्रकृतिजन्य गुण भोगे,
इस प्रकृति में स्थित हुए ही।
अच्छी-बुरी योनि में जन्मे,
गुणों के संग के कारण ही ॥ 13.22 ॥

साक्षी, अनुमति देने वाला,
भर्ता, भोक्ता, महेश्वर कहें।
परमात्मा भी कहते उसको,
परमपुरुष देह में जो रहे ॥ 13.23 ॥

पुरुष को, गुण सहित प्रकृति को,
जो भी जाने इस प्रकार से।
हर तरह से रहते हुए भी,
वह जन्म नहीं लेता फिर से ॥ 13.24 ॥

कोई ध्यानयोग से खुद में,
आत्मा को देखे आत्मा से।
सांख्ययोग से अन्य देखते,
कुछ तो देखें कर्मयोग से ॥ 13.25 ॥

अन्य जो जानें नहीं कुछ भी,
सुनकर ही पूजा करते हैं।
ऐसे सुनने वाले भी तो,
मृत्यु-समुद्र पार करते हैं ॥ 13.26 ॥

जो कुछ भी पैदा होता है,
चाहे वह जड़ या जंगम हो।
क्षेत्र-क्षेत्रज्ञ के जुड़ने से,
अर्जुन, सबकुछ ही पैदा हो ॥13.27 ॥

जो नश्वर सभी प्राणियों में,
सदा अनश्वर परमेश्वर को।
समान रूप से स्थित देखे,
सम्यक् दृष्टा मानें उसको॥ 13.28 ॥

सर्वत्र देखे समभाव से,
समरूप ही स्थित ईश्वर को।
मार न सकता खुद को खुद से,
तभी पाता है परमगति को॥ 13.29 ॥

कर्म किए जाते हैं सारे,
केवल प्रकृति के द्वारा ही।
अत: खुद को अकर्ता माने,
यथार्थ को देखे वही सही॥ 13.30 ॥

प्राणियों के पृथक भावों को,
जब उस एक में स्थित पाए।
उसका विस्तार दिखे सब में,
तभी मनुष्य ब्रह्म को पाए॥ 13.31 ॥

अनादि-निर्गुण होने से ही,
परमात्मा, जो अव्यय होता।
इस देह में रहते हुए भी,
न तो करे कुछ, न लिप्त होता॥ 13.32 ॥

आकाश सर्वगत होकर भी,
सूक्ष्म होने से, लिप्त ना हो।
शरीरस्थ आत्मा वैसे ही,
सर्वत्र हो पर लिप्त ना हो॥ 13.33 ॥

जिस प्रकार से एक सूर्य ही,
करे प्रकाशित पूर्ण जगत् को।
वैसे ही मात्र एक क्षेत्री,
करे प्रकाशित पूर्ण क्षेत्र को ॥ 13.34 ॥

भूत–प्रकृति से मुक्ति की विधि,
क्षेत्र–क्षेत्रज्ञ के अंतर को।
जो ज्ञान के चक्षु से जाने,
वह प्राप्त करे परमात्मा को ॥ 13.35 ॥

संदर्भ—

129. पृथ्वी, जल, अग्नि, वायु और आकाश
130. पाँच ज्ञानेंद्रयाँ एवं पाँच कर्मेंद्रियाँ
131. शब्द, स्पर्श, रूप, रस और गंध
132. स्थूल देह
133. दिखावटीपन का अभाव
134. कभी न विचलित होनेवाली
135. जानने योग्य

□

अध्याय-14

प्रकृति के तीन गुण

श्री भगवान् ने कहा

ज्ञानों में उत्तम परमज्ञान,
मैं और बताता हूँ तुमको।
जब गए तो परम सिद्धि मिली,
जानकर इसे सब मुनिजन को ॥ 14.1 ॥

इस ज्ञान का आश्रय मिले तो,
सधर्मता हो जाए मुझसे।
सृष्टि हो तो पैदा नहीं हो,
विचलित नहीं प्रलय होने से ॥ 14.2 ॥

महत्-ब्रह्म[136]-रूप योनि होती,
स्थापित करूँ गर्भ मैं उसमें।
भारत, जो भी प्राणी होते,
सारे पैदा होते उससे ॥ 14.3 ॥

कौन्तेय, समस्त योनियों में,
शरीर पैदा हों जितने भी।
महत्-ब्रह्म ही योनि वास्तविक,
पिता बीजप्रद सबका मैं ही ॥ 14.4 ॥

ये सतो, रजो और तमो गुण,
पैदा जो प्रकृति से ही हों।
इस देह में बाँध लेते हैं,
अर्जुन, अविनाशी देही को ॥ 14.5 ॥

सदा सतोगुण निर्मल होता,
अतः प्रकाशक-निर्विकार है।
सुख की, ज्ञान की आसक्ति से,
अर्जुन, यह सत्त्व बाँधता है ॥ 14.6 ॥

सदा रजोगुण रागात्मक हो,
यह तृष्णा,[137] आसक्ति बढ़ाये।
देही, कर्म की आसक्ति से,
इसके प्रभाव से बाँध जाये ॥ 14.7 ॥

तमोगुण, अज्ञान से पैदा,
मोहित करे सभी जीवों को।
प्रमाद-नींद-आलस्य से यह,
बाँध लेता, भारत, सभी को ॥ 14.8 ॥

सतोगुण बाँध देता सुख से,
रजोगुण तो कर्म से बाँधे।
तमोगुण, ज्ञान को ढके हुए,
हे भारत, प्रमाद से बाँधे ॥ 14.9 ॥

दबाकर रजो-तमो गुणों को,
सतोगुण बढ़ जाता है कभी।
रजो-सतो को तमो दबाता,
या तमो-सतो को रजो कभी ॥ 14.10 ॥

शरीर के सारे द्वारों में,
प्रकाश पैदा हो जाता है,
तुम सत्त्व की वृद्धि तब मानो।
जब ज्ञान अधिक बढ़ जाता है ॥ 14.11 ॥

लोभ और कर्मों का उद्यम,
प्रवृत्ति[138], अशांति, लालसा भी।
रजोगुण की वृद्धि होने से,
उत्पन्न हो जाते, ये सभी ॥14.12 ॥

अंधकार और निष्क्रियता,
प्रमाद[139] और मोह भी होते।
तमोगुण की वृद्धि होने से,
अर्जुन, ये सब पैदा होते ॥14.13 ॥

सतोगुण की अधिकता हो जब,
तब यदि उसे मृत्यु मिल जाए।
विद्वान् मनीषी जहाँ रहें,
उन निर्मल लोकों को पाए ॥ 14.14 ॥

बढ़े रजोगुण में मरने से,
कर्मासक्तों[140] में पैदा हो।
बढ़े तमोगुण में जाए तो,
मूढ़योनियों में पैदा हो ॥14.15 ॥

सब कहते हैं सत्कर्मों का,
सदैव सात्त्विक निर्मल फल हो।
रजोगुण का फल हो दुखप्रद,
अज्ञान, तमोगुण का फल हो ॥ 14.16 ॥

सतोगुण से ज्ञान को पाए,
रजोगुण से लोभ हो जाए।
तमोगुण से प्रमाद सदा हो,
मोह और अज्ञान कराए॥ 14.17 ॥

सतोगुणी जाते हैं ऊपर,
रजोगुणी सब रहें बीच में।
जघन्य गुणों में प्रवृत्त हुए,
तमोगुणी सब गिरें गर्त में॥ 14.18 ॥

गुण के अलावा कर्ता नहीं,
इस तरह देखता साधक जो।
जाने उसे जो गुण से परे,
प्राप्त करे मेरे स्वरूप को॥ 14.19 ॥

शरीर का उद्‌भव जो करते,
लाँघकर उन्हीं तीन गुणों को।
जन्म-मृत्यु-जरा के दुखों से
विमुक्त हो चखता अमृत को॥ 14.20 ॥

अर्जुन ने कहा

है त्रिगुणातीत अगर कोई,
प्रभु, उसके लक्षण कैसे हों।
आचरण किस तरह का होता,
पार करे किस तरह गुणों को॥ 14.21 ॥

श्री भगवान् ने कहा

प्रकाश, प्रवृत्ति या मोह हो,
अर्जुन, जो त्रिगुणातीत रहे।
द्वेष नहीं करता होने से,
जाने से इच्छा नहीं करे॥ 14.22 ॥

जो उदासीन की तरह रहे,
गुणों से होता विचलित नहीं।
केवल गुण ही क्रियाशील हैं,
अडिग जो रहे समझकर यही ॥14.23॥

स्थित स्वयं में, सम हों सुख-दुख,
कंकड़-पत्थर-सोना सम हों।
धीरज हो, सम प्रिय-अप्रिय में,
निंदा और स्तुति भी सम हों ॥ 14.24 ॥

समान मान-अपमान में हो,
शत्रु-मित्र में फर्क न पाए।
त्याग करे सभी उद्यमों का,
त्रिगुणातीत वही कहलाए ॥ 14.25 ॥

अव्यभिचारी[141] भक्तियोग से,
मेरी सेवा करता है जो।
इन गुणों का अतिक्रमण[142] करे,
ब्रह्म प्राप्ति के लायक है वो ॥ 14.26 ॥

है अमर और अविकारी जो,
जो शाश्वत धर्म-रूप होता।
हो एकांतिक[143] सुखकारी भी,
आश्रय हूँ मैं उसी ब्रह्म का ॥14.27॥

संदर्भ—

136. प्रकृति
137. अप्राप्त वस्तु की अभिलाषा
138. कर्मोन्मुखता
139. उन्माद
140. कर्मों में आसक्त
141. कभी न विचलित होने वाला
142. लाँघना
143. परम

□

अध्याय-15

पुरुषोत्तम-योग

श्री भगवान् ने कहा

जड़ ऊपर है, डालें नीचे,
अश्वत्थ एक जो अव्यय है।
वेद के छंद ही पत्ते हैं,
उसे जाने, वह वेदज्ञ है ॥15.1॥

उपर-नीचे डालें फैलीं,
गुण-पोषित विषयों की कलियाँ।
नीचे भी विस्तार जड़ों का,
जो कर्मों में बाँधें दुनिया ॥15.2॥

इसका यह रूप न दिखे यहाँ,
न आदि, न अंत, न आधार हो।
काट असंग[144] के दृढ़ शस्त्र से,
दृढ़ जड़ के इसी अश्वत्थ को॥ 15.3॥

तब ऐसे पद की खोज करे,
जाकर जहाँ न लौटें फिर से।
उस आदि-पुरुष का आश्रय ले,
पुरानी प्रवृत्ति[145] है जिससे॥ 15.4॥

मान-मोह-विमुक्त, अनासक्त,
आध्यात्मिक, न हों कामनाएँ।
मुक्त सुख-दुखरूप द्वंद्वों से,
अमूढ़[146], वह अव्यय पद पाएँ॥15.5॥

जिसे प्रकाशित कर सकते हैं,
ये सूर्य, चंद्र या अग्नि नहीं।
फिर नहीं लौटें जाकर जहाँ,
वह परमधाम है मेरा ही॥ 15.6॥

मेरा ही शाश्वत अंश एक,
जग में प्राणी बन जाता है।
प्रकृति में स्थित इंद्रियों को,
और मन को खींच लेता है॥ 15.7॥

आत्मा जब शरीर को पाए,
या जब उसे छोड़ के जाए।
ज्यों वायु गंध को ले जाती,
मन, इंद्रियाँ संग ले जाए॥ 15.8॥

स्पर्शेंद्रिय[147], कान, आँख, द्वारा,
घ्राण, रसना और मन द्वारा।
यह विषयों का सेवन करती,
लेकर इन्हीं सबका सहारा॥15.9॥

जाती, रहती, भोगती हुई,
　　　　या गुणों से युक्त आत्मा को।
मूढ़ नहीं देख सकते कभी,
　　　　देखें जिनके ज्ञान-चक्षु हों ॥15.10॥

प्रयत्न करनेवाले योगी,
　　　　देखते खुद में स्थित इसको।
प्रयत्न से भी न देख सकते,
　　　　अशुद्ध अंत:करण-युक्त जो ॥ 15.11 ॥

तेज, जो सूर्य में होता है,
　　　　प्रकाशित करे जग सारा ही।
अथवा चंद्र या अग्नि में जो,
　　　　तेज सभी होते मेरे ही ॥15.12॥

मैं पृथ्वी में प्रविष्ट होकर,
　　　　जीव, ओज[148] से, धारण करता।
रसात्मक चंद्रमा बनकर, मैं
　　　　औषधियों को पोषित करता ॥15.13॥

मैं ही तो वैश्वानर बनकर,
　　　　रहता शरीर में जीवों के।
प्राण-अपान वायु से मिलकर,
　　　　अन्न पचाता चार तरह के ॥15.14॥

सबके हृदय में स्थित मुझसे,
　　　　स्मृति, ज्ञान, उनका अभाव भी।
वेदों से ज्ञेय, वेदज्ञ मैं,
　　　　मैं ही हूँ वेदांतकार भी ॥15.15॥

क्षर और अक्षर दो ही पुरुष,
यहाँ, संसार में, होते हैं।
कूटस्थ[149] को तो अक्षर कहें,
सारे प्राणी क्षर होते हैं ॥15.16॥

पर उत्तम पुरुष अन्य होता,
परमात्मा कहते हैं जिसको।
तीनों लोकों में व्याप्त हुआ,
भरण करे, अव्यय ईश्वर वो ॥ 15.17 ॥

चूँकि मैं होता क्षर से परे,
मैं अक्षर से भी उत्तम हूँ।
अतः वेदों और दुनिया में,
मैं कहलाता पुरुषोत्तम हूँ ॥ 15.18 ॥

सम्मोहरहित मनुष्य कोई,
जो मुझ पुरुषोत्तम को जाने।
वह भजे सब तरह से मुझको,
सर्वज्ञानी उसको मानें ॥ 15.19 ॥

इस प्रकार मैंने बतलाया,
अतिगोपनीय यह शास्त्र तुम्हें।
इसे जानकर कृतकृत्य हों,
और मनुष्य बुद्धिमान बनें ॥15.20॥

संदर्भ—

144. वैराग्य
145. संसार-वृक्ष की सनातन प्रवृत्ति
146. मोहरहित (विवेकी)
147. त्वचा
148. शक्ति
149. विकाररहित (मायाशक्ति)

□

अध्याय–16

दैवी तथा आसुरी स्वभाव

श्री भगवान् ने कहा

तप, अंत:करण की शुद्धि हों,
अभय, ज्ञानयोग की स्थिति भी।
दान, इंद्रियों का निग्रह हों
स्वाध्याय[150], सरलता, यज्ञ, सभी ॥16.1॥

अहिंसा, अक्रोध, लज्जा हों,
जीवदया, सत्य, भद्रता भी।
चुगली न करना, त्याग, शांति,
अलोलुपता[151], अचंचलता[152] भी ॥ 16.2 ॥

तेज, क्षमा, शौच और धीरज,
करना, घृणा और गर्व, नहीं।
दैवी स्वभाव जिसने पाया,
भारत, ये लक्षण उसके ही ॥16.3॥

दंभ[153], दर्प[154], अभिमान, क्रोध हों,
अज्ञान और निष्ठुरता भी।
आसुरी भाव जिसने पाया,
अर्जुन, ये लक्षण उसके ही ॥ 16.4 ॥

दैवी स्वभाव मुक्ति कराए,
आसुरी भाव बंधन बाँधे।
अर्जुन, तुम चिंता नहीं करो,
दैवी स्वभाव ही मिला तुम्हें ॥16.5 ॥

दो तरह की सृष्टि जीवों की,
जो हैं दैवी और आसुरी।
कहे दैवी गुण, विस्तार से,
पार्थ, सुनो अब भाव आसुरी ॥16.6 ॥

क्या करना है, किससे बचना,
जानते आसुरी लोग नहीं।
उनमें शुद्धि नहीं होती है,
न हों सत्य या सदाचार ही ॥ 16.7 ॥

जग को असत्य, आधारहीन,
और ईश्वर-रहित वे मानें।
बना मिलन से, नर-नारी के,
इसका हेतु काम को मानें ॥16.8 ॥

इस तरह की दृष्टि धारण कर,
अल्पबुद्धि, नष्टात्मा[155] हैं जो।
उग्रकर्मरत, जग-अहितार्थी,
आए यहाँ नाश करने को ॥ 16.9 ॥

दंभ, मान और मद में चूर,
रखें अपूरणीय इच्छाएँ।
मोहवश दुराग्रहों में फँसें,
अपवित्र इरादे हो जाएँ॥ 16.10॥

अपरिमेय चिंताएँ झेलें,
जब तक मौत नहीं आती है।
विषय-भोग ही परमलक्ष्य हो,
मानें सबकुछ इसमें ही है॥16.11॥

सैकड़ों आशाओं से बँधे,
काम-क्रोध के परायण रहें,।
विषयों को भोगने के लिए,
अन्याय से धन-संग्रह करें॥ 16.12॥

आज मैंने इतना कमाया,
मनोरथ ये पूरा करूँगा।
मेरे पास इतना हो गया,
इतना धन और कमाऊँगा॥ 16.13॥

मैंने तो उसको मारा है,
मारूँगा, मैं, और शत्रु भी।
मैं ईश्वर हूँ, मैं भोगी हूँ,
मैं हूँ बलशाली, सिद्ध[156], सुखी॥16.14॥

बड़ा धनवान, कुलीन हूँ मैं,
कौन यहाँ मेरे जैसा है।
यज्ञ-दान कर मौज करूँगा,
मोहित अज्ञानी कहता है॥ 16.15॥

कई सपनों में खोए हुए,
मोहजाल में फँस जाते हैं।
विषय-भोग में आसक्त हुए,
घोर नरक में गिर जाते हैं ॥ 16.16 ॥

हों दबंग, आत्माभिभूत[157] भी,
चूर हों धन-मान के मद में।
विधिविहीन, नाम के यज्ञ से,
वे दंभ-भाव से यजन करें ॥16.17 ॥

हों अहंकार, बल, दर्प तथा,
काम-क्रोध में समाए रहें।
अपने पराए तन में स्थित,
मुझसे, वे ईर्ष्या-द्वेष करें ॥ 16.18 ॥

ऐसे द्वेषी क्रूरजनों को,
सब इन्हीं नराधम दुष्टों को।
आसुरी योनियों में डालूँ,
मैं बार-बार ही इन सबको ॥ 16.19 ॥

आसुरी योनियों को पाकर,
ये अविवेकी जन्म-जन्म में।
मुझको नहीं प्राप्त कर सकते,
अर्जुन, वे गिरें अधम गति में ॥ 16.20 ॥

तीन तरह के द्वार नरक के,
जो आत्मनाश के कारक हैं।
काम, क्रोध और लोभ, तीनों,
सर्वथा त्यागने लायक हैं ॥16.21 ॥

इन तीन नरक के द्वारों से,
यदि कोई विमुक्त हो जाए।
वह श्रेष्ठ आचरण करे, सदा,
इसलिए परमगति को पाए॥ 16.22 ॥

यदि कोई शास्त्रविधि को त्याग,
इच्छानुसार आचरण करे।
सिद्धि नहीं पाए, ना सुख ही,
परमगति भी नहीं प्राप्त करे॥16.23 ॥

क्या कार्य सही, क्या अकार्य है,
शास्त्रों को तुम प्रमाण मानो।
बताया गया शास्त्रों में क्या,
कुछ करने से पहले जानो॥16.24 ॥

संदर्भ—

150. शास्त्रों का अध्ययन
151. लालच का अभाव
152. चपलता का अभाव
153. ढ़ोंग/पाखंड
154. गुरूर
155. जिसका स्वभाव नष्ट हो गया है
156. दोषहीन
157. अपने आपको श्रेष्ठ माननेवाला

□

अध्याय–17

श्रद्धा के विभाग

अर्जुन ने कहा

शास्त्रविधि का पालन किए बिन,
श्रद्धा से पूजा करते जो।
उनकी निष्ठा कैसी होती—,
सतो, तमो या रजोगुणी हो ॥17.1॥

श्री भगवान् ने कहा

स्वाभाविक ही तीन तरह की,
देहधारियों की श्रद्धा हो।
सात्त्विक, राजसी, तामसी जो,
उनके विषय में मुझसे सुनो ॥17.2॥

भारत, सबकी श्रद्धा होती,
स्वभाव के अनुरूप, सदा ही।
यह मनुष्य श्रद्धामय होता,
जैसी श्रद्धा, हो वैसा ही ॥17.3॥

सात्त्विक जन पूजें देवों को,
राजसी यक्ष-राक्षस पूजें।
जो लोग तामसी होते हैं,
वही भूत-प्रेतों को पूजें ॥17.4॥

होते नहीं शास्त्र-सम्मत जो,
घोर तप ऐसे जो भी करें।
दंभी और अहंकारी हों,
कामासक्ति के बल से करें ॥17.5॥

शरीरस्थ भूतसमुच्चय को,
और शरीर में स्थित मुझको।
वे कष्ट बहुत पहुँचाते हैं,
आसुर-निश्चयी[158] कहें उनको ॥ 17.6 ॥

लोगों के प्रिय भोजन भी तो,
तीन तरह के ही होते हैं।
तथा यज्ञ, तप और दान के,
तुम सुनो, भेद जो होते हैं ॥ 17.7 ॥

बल, सत्त्व, आयु, आरोग्य तथा,
सुख-आनंद को बढ़ाते जो।
स्थिर[159], हृद्य[160], चिकने, रसवाले,
ये भोजन भाते सात्त्विक को ॥ 17.8 ॥

कड़ुवे, खट्टे, नमकीन, तीक्ष्ण,
गरम, रूखे, जलाने वाले।
रजोगुणी को प्रिय ये भोजन,
दुख-शोक-रोग देने वाले ॥ 17.9 ॥

जो भोजन बासी, स्वादहीन,
दुर्गंधयुक्त, सड़ा-गला हो,
जो जूठा या अपवित्र मिले,
तामसी व्यक्ति को भाए वो ॥ 17.10 ॥

फल की आकांक्षा किए बिना,
विधिविधान से करें यज्ञ जो।
कर्तव्य मानकर ही करते,
सात्त्विक मानें उसी यज्ञ को ॥ 17.11 ॥

जो करें फल पाने के लिए,
या करें दंभ से प्रेरित हो।
यज्ञ जो ऐसा, भरतश्रेष्ठ,
राजसी यज्ञ मानो उसको ॥ 17.12 ॥

विधिविहीन हो, मंत्रहीन भी,
प्रसाद-दक्षिणा बाँटें नहीं।
श्रद्धाविहीन जिसको करते,
सब कहें तामसी यज्ञ वही ॥ 17.13 ॥

देव, द्विज, गुरु, प्राज्ञ[161] का पूजन,
सरल व्यवहार और शौच भी,
ब्रह्मचर्य तथा अहिंसा हों,
शारीरिक तप कहें इसे ही ॥ 17.14 ॥

प्रिय और हितकर सच्ची बात,
उद्वेग न पैदा करती जो।
अभ्यास करना स्वाध्याय का,
वाणी का तप कहें इसी को ॥ 17.15 ॥

मन की प्रसन्नता और मौन,
आत्मनियंत्रण तथा सौम्यता।
अपने अंत:करण की शुद्धि,
यही मानसी तप कहलाता॥ 17.16॥

मनुष्य परम-श्रद्धा से करे,
ये तीन भाँति के तप ऐसे।
यदि फल की इच्छा बिना करे,
तप सात्त्विक कहलाते ऐसे॥17.17॥

आदर, मान, पूजा के लिए,
या करे दंभ से तप कोई।
राजसी कहें ऐसे तप को,
वह होता अस्थिर-अस्थायी॥17.18॥

मूर्खतापूर्ण हठ से करते,
जो तप पीड़ा देता खुद को।
अन्य के विनाश हेतु करते,
कहें तामसी ऐसे तप को॥ 17.19॥

न अपेक्षा कुछ हो बदले में,
दान देना कर्तव्य माने।
यदि देश-काल-पात्र सही हो,
उसी दान को सात्विक जानें॥ 17.20॥

प्रत्युपकार की अपेक्षा कर,
या फ़ल की इच्छा से देते।
जिसको देने में कष्ट लगे,
राजसी दान उसको कहते॥17.21॥

तिरस्कार से, सत्कार बिना,
देें दान जो किसी कुपात्र को,
जो अनुचित देश-काल में दें,
तामसी दान कहते उसको ॥17.22 ॥

ॐ, तत्, सत्, इन तीन तरह से,
जिस ब्रह्म को बताया जाए।
आदिकाल में उसी ब्रह्म ने,
सब विप्र, वेद, यज्ञ बनाए ॥17.23 ॥

अत: क्रियाएँ, यज्ञ, दान, तप,
जब विधिविधान से शुरू करें,
सब कहते जिन्हें ब्रह्मवादी,
सदा ओंकार से शुरू करें ॥ 17.24 ॥

यज्ञ, दान, तप और क्रियाएँ,
जो फल की इच्छा बिना करें।
जो करें मोक्ष की आकांक्षा,
तत् बोलकर ही अर्पित करें ॥ 17.25 ॥

सत्यभाव के रूप में करें,
या साधुभाव के लिए करें।
प्रशस्त कर्मों में भी करते,
सत् शब्द का यूँ प्रयोग करें ॥17.26 ॥

यज्ञ, तप और दान की स्थिति,
सत् ही कहते हैं उसको भी।
जो कर्म परमात्मा के लिए,
सत् कहते उन कर्मों को भी ॥17.27 ॥

यज्ञ, दान, तप, कर्म असत हैं,
जो श्रद्धा-रहित किए जाते।
इस लोक में या परलोक में,
वे फलीभूत ना हो पाते ॥ 17.28 ॥

संदर्भ—

158. जिनका असुरों की तरह का निश्चय हो
159. शरीर में बहुत काल तक रहनेवाले
160. हृदय को प्रिय लगनेवाले
161. ज्ञानी

□

अध्याय-18

उपसंहार

अर्जुन ने कहा

महाबाहु, जानना चाहता,
संन्यास का तत्त्व जो होता।
हृषीकेश, अलग से बताएँ,
त्याग का भी तत्त्व जो होता॥ 18.1॥

श्री भगवान् ने कहा

काम्य[162] कर्मों का त्याग करना,
विद्वान् उसे संन्यास कहें।
सब कर्मों के फलों का त्याग,
प्रबुद्धजन उसको त्याग कहें॥ 18.2॥

दोष की तरह कर्म त्याज्य[163] हैं,
कई मनीषी ऐसा कहते।
पर यज्ञ-दान-तप-रूप कर्म,
त्याज्य नहीं, कुछ ज्ञानी कहते॥ 18.3॥

त्याग के विषय में अपना मत,
तुम सुनो, तुम्हें मैं बतलाऊँ।
तीन तरह का त्याग बताते,
अर्जुन, मैं तुमको समझाऊँ॥ 18.4॥

यज्ञ-दान- तप-रूप कर्म तो,
त्याज्य नहीं, ये करने होते।
यज्ञ-दान -तप के द्वारा तो,
पावन सभी मनीषी होते॥18.5॥

ये सभी कर्म करने लायक,
पर फल, आसक्ति त्यागकर ही।
यह निश्चित उत्तम मत मेरा,
करना कर्तव्य मानकर ही॥ 18.6॥

जो भी नियत कर्म होते हैं,
नहीं उनका परित्याग सही,
मोहवश यदि परित्याग करें,
हो ऐसा त्याग तामसी ही॥ 18.7॥

कर्म को दुखप्रद मान, उसे
तजे कायिक[164] कष्ट के डर से।
यह राजसी त्याग करके भी,
त्याग का फल नहीं मिले उसे॥ 18.8॥

अर्जुन, यदि नियत कर्म करता,
कोई कर्तव्य मानकर ही।
करे फल और आसक्ति त्याग,
मैं मानूँ सात्त्विक त्याग वही॥ 18.9॥

अप्रिय कर्मों से द्वेष न हो,
प्रिय कर्मों में आसक्ति नहीं।
वह त्यागी है, सत्त्व में स्थित,
मेधावी[165] संशयरहित वही॥ 18.10॥

संपूर्णरूप से कर्म त्यागना,
देहधारी को संभव नहीं।
जो कर्मफलों का त्याग करे,
त्यागी कहते हैं उसको ही॥ 18.11॥

इष्ट, अनिष्ट अन्यथा मिश्रित,
कर्मों के फल तीन तरह के।
अत्यागी[166] पाए मरके भी,
संन्यासी को कभी न मिलते॥ 18.12॥

कर्मों का अंत कराए जो,
वर्णित हैं उसी वेदांत[167] में।
कर्म-सिद्धि हेतु पाँच कारण,
मैं अब समझाऊँ वही तुम्हें॥ 18.13॥

अधिष्ठान[168] एवं कर्ता[169] हों,
होते भिन्न-भिन्न करण[170] सभी।
विविध चेष्टाएँ, देव[171] भी हों,
कारण होते ये पाँच, सभी॥ 18.14॥

शरीर, वाणी या मन द्वारा,
करे अगर कोई कर्म कहीं।
कर्म उचित हो या अनुचित हो,
हों कारण उसके पाँच यही॥ 18.15॥

इसलिए अगर कोई समझे,
आत्मा ही केवल कर्ता है।
कुबुद्धिवश ही समझे ऐसा,
यथार्थ वह नहीं समझता है ॥ 18.16 ॥

खुद के करने का भाव न हो,
और यदि बुद्धि भी लिप्त नहीं।
मारकर भी वह मारक नहीं,
किसी बंधन में बँधता नहीं ॥ 18.17 ॥

ज्ञान[172], ज्ञेय[173] और परिज्ञाता[174],
कर्मों के प्रेरक तीन यही।
जो करण, कर्म और कर्ता होते,
संघटक कर्म के तीन यही ॥ 18.18 ॥

गुण अनुसार तीन प्रकार के,
होते ज्ञान, कर्म, कर्ता भी।
जैसे बताया गुणसांख्य[175] में,
वैसे ही मुझसे सुनो अभी ॥ 18.19 ॥

जिससे विभक्त सब जीवों में,
सदा एक अव्यय भाव वही।
देख सके अविभक्त रूप में,
तुम जानो सात्त्विक ज्ञान वही ॥18.20 ॥

जिस ज्ञान से सभी जीवों में,
विविध भाव नाना प्रकार के।
दिखते उसको अलग-अलग ही,
उसे राजसी ज्ञान मानते ॥ 18.21 ॥

एक कार्य को संपूर्ण मान,
उससे ही आसक्ति कराए।
जो तुच्छ और तत्त्वार्थ-रहित,
वह ज्ञान तामसी कहलाए॥ 18.22 ॥

फलेच्छारहित व्यक्ति करे यदि,
अपने सभी नियत कर्मों को।
यदि राग-द्वेष-आसक्ति न हो,
सात्त्विक मानो उन कर्मों को॥ 18.23 ॥

किसी फल चाहने वाले ने,
अहंकार से किया हो जिसे।
जिसे कठिन परिश्रम से करें,
सब कहें राजसी कर्म उसे॥ 18.24 ॥

परिणाम या हानि ना जाँचे,
जाँचे ना हिंसा या क्षमता।
आरंभ जिसे मोहवश करें,
ऐसा कर्म तामसी होता॥ 18.25 ॥

आसक्तिरहित, अहं से परे,
धैर्यवान, उत्साही भी हो।
न विचलित सिद्धि-असिद्धि से हो,
सात्त्विक कर्ता कहें उसी को॥ 18.26 ॥

रागी[176], कर्मफलों का इच्छुक,
अपवित्र, हिंसात्मक, लालची।
जो हर्ष-शोक से युक्त रहे,
उस कर्ता को कहें राजसी॥ 18.27 ॥

जो अयुक्त[177], प्राकृत[178], जिद्दी हो,
जो हो शठ[179], नैष्कृतिक[180], आलसी।
विषादी[181], दीर्घसूत्री[182], भी हो,
उस कर्ता को कहें तामसी ॥18.28 ॥

बुद्धि और धृति[183] के जो होते,
वह तीन तरह के भेद कहूँ।
हे धनञ्जय, तुम इसको सुनो,
मैं अलग-अलग पूर्णतः कहूँ ॥18.29 ॥

समझे प्रवृत्ति-निवृत्ति[184] जो,
कार्य-अकार्य, भय-अभय जाने।
पार्थ, सात्त्विकी बुद्धि वही जो,
बंधन और मोक्ष पहचाने ॥ 18.30 ॥

धर्म और अधर्म क्या होते,
कार्य तथा अकार्य कैसे हों।
जो इन्हें यथावत् ना समझे,
पार्थ, राजसी वही बुद्धि हो ॥ 18.31 ॥

जो अधर्म को धर्म मान ले,
अंधकार से ढकी हुई हो।
जो उलटी-पुलटी हो सब में,
पार्थ, तामसी बुद्धि वही हो ॥ 18.32 ॥

जिससे धारण करें क्रियाएँ,
प्राण, मन एवं इंद्रियों की।
योग से अव्यभिचारी[185] हुई,
धृति[186] है, अर्जुन, वही सात्त्विकी ॥ 18.33 ॥

आसक्ति से धर्म-काम-अर्थ,
जिस धृति से धारण करते हैं।
फल के इच्छुक की उस धृति को,
पार्थ, राजसी धृति कहते हैं ॥ 18.34 ॥

स्वप्न, शोक, भय, मद, विषाद को,
कोई दुर्बुद्धि मनुष्य कहीं।
जिस धृति के कारण त्यागे ना,
तामसी धृति है, अर्जुन, वही ॥ 18.35 ॥

भरतश्रेष्ठ, अब मुझसे सुनो,
सुख होते तीन तरह के जो।
अभ्यास द्वारा रमें जिनमें,
कर देते अंत दुखों का जो ॥18.36 ॥

जो पहले विष जैसा लगता,
आखिर में अमृत जैसा हो।
सात्त्विक सुख तो वह होता है,
जो आत्मतुष्टि से पैदा हो ॥ 18.37 ॥

जो पहले अमृत सा लगता,
पर आखिर में विष जैसा हो।
वही राजसी सुख होता है,
जो विषय-भोग से पैदा हो ॥ 18.38 ॥

पहले भी और बाद में भी,
जो खुद का सम्मोह कराए।
जो प्रमाद-आलस-नींद-जनित[187],
सुख वही तामसी कहलाए॥ 18.39 ॥

ना देवलोक के देवों में,
ना पृथ्वी में ही है कोई।
प्रकृति के इन तीन गुणों से,
मुक्त नहीं हो सकता कोई ॥ 18.40 ॥

ब्राह्मणों एवं क्षत्रियों के,
तथा वैश्यों और शूद्रों के।
स्वभावजनित गुणानुसार ही,
कर्म बाँटे गए हैं सबके ॥ 18.41 ॥

स्वाभाविक कर्म ब्राह्मणों के,
शांति, शौच एवं संयम हों।
तप, क्षमा, सरलता, आस्तिकता[188],
ज्ञान एवं विज्ञान भी हों ॥ 18.42 ॥

स्वाभाविक कर्म क्षत्रियों के,
शौर्य[189], तेज[190], धृति[191], दान[192], दक्षता[193]।
कभी युद्ध-विमुख नहीं होना,
और हो नेतृत्व की क्षमता ॥ 18.43 ॥

कृषि, वाणिज्य तथा गोरक्षा,
स्वभाविक कर्म वैश्य के हों।
जो सेवा वाले कार्य सभी,
स्वभाविक कर्म शूद्र के हों ॥ 18.44 ॥

अपने-अपने कर्म करें सब,
तो संसिद्धि मिलेगी सबको।
तुम सुनो सिद्धि मिलती कैसे,
स्वकर्म में रत किसी पुरुष को ॥ 18.45 ॥

जिससे उद्‌भव हो जीवों का,
यह सबकुछ जिससे व्याप्त रहे।
जब उसे स्वकर्मों से पूजे,
तब पुरुष सिद्धि को प्राप्त करे ॥ 18.46 ॥

सम्यक् अनुष्ठित परधर्म[194] से,
बेहतर स्वधर्म, विगुण भी, है।
स्वभाव नियत कर्म करने से,
होता पाप कदापि नहीं है ॥ 18.47 ॥

सहज कर्मों को छोड़ें नहीं,
चाहे दोषयुक्त हों, फिर भी।
ज्यों आग धुएँ से ढकी रहे,
ढके दोषों से उद्यम सभी ॥ 18.48 ॥

सर्वत्र अनासक्तबुद्धि हो,
जितात्मा[195], स्पृहारहित[196] भी जो।
संन्यास से प्राप्त करता है,
वही, परम नैष्कर्म्य[197]-सिद्धि को ॥ 18.49 ॥

सिद्धि प्राप्त कर ली हो जिसने,
वह पाए किस तरह ब्रह्म को।
चरम परिणति जो ज्ञान की है,
अब मुझसे, पार्थ, वही समझो ॥ 18.50 ॥

जो है युक्त विशुद्ध बुद्धि से,
धैर्य से खुद का संयम करे।
शब्द आदि विषयों को छोड़े,
वह रागद्वेष से मुक्त रहे ॥ 18.51 ॥

एकांतवासी मिताहारी[198],
ध्यानयोग में रत सदैव हो।
संयम हो वाणी, तन, मन पर,
रहे वैराग्य पे आश्रित जो॥ 18.52॥

जो दर्प, परिग्रह, अहंकार,
बल, काम, क्रोध से मुक्त हुआ।
ममत्वविहीन जो शांत पुरुष,
वह ब्रह्म बने, इस योग्य हुआ॥ 18.53॥

वही ब्रह्मभूत प्रसन्नात्मा,
इच्छा या शोक कभी न करे।
सब जीवों के प्रति समान हो,
परमभक्ति मेरी प्राप्त करे॥ 18.54॥

जान लेता भक्ति से मुझको,
हूँ मैं जो भी, हूँ जैसा भी।
इस तरह तत्त्व से जान मुझे,
वह प्रवेश करता मुझमें ही॥ 18.55॥

सदैव मुझमें आश्रय लेकर,
जो सब कर्मों को करता है।
मेरे शाश्वत अव्यय पद को,
वह प्राप्त, कृपावश, करता है॥ 18.56॥

त्याग सब कर्म मन से मुझमें,
मुझे तुम परमलक्ष्य बनाओ।
बुद्धियोग की शरण ग्रहण कर,
मन को मुझमें सतत लगाओ॥18.57॥

लगाए मन मुझमें, कृपावश,
सब बाधाएँ पार करोगे।
यदि न सुनोगे अहंकारवश,
तो नष्ट तुम हो जाओगे ॥18.58॥

अहंकार के कारण यदि तुम,
सोचोगे युद्ध न करने की।
यह निश्चय मिथ्या ही होगा,
तुम्हें प्रकृति ही बाध्य करेगी ॥ 18.59 ॥

उन कर्मों से बँधे हुए तुम,
स्वभाव से जो पैदा होते।
यदि न मोहवश करना चाहो,
करना पड़ेगा विवश होके ॥ 18.60 ॥

ईश्वर तो सभी प्राणियों के,
हृदयों में, अर्जुन, रहता है।
तन-यंत्र में स्थित इन सबको,
माया से सदा घुमाता है ॥ 18.61 ॥

हे भारत, पूरी श्रद्धा से,
उसकी ही शरण ग्रहण कर लो।
कृपावश परम-शांति मिलेगी,
तुम पाओगे शाश्वत पद को ॥18.62 ॥

इस तरह बताया है, मैंने,
गुह्य से गुह्यतर ज्ञान तुम्हें।
तुम इस पर पूर्ण विचार करो,
फिर करो लगे जो उचित तुम्हें ॥ 18.63 ॥

पर तुम हो इतने प्रिय मुझको,
अतः तुम्हारा हित मैं चाहूँ।
सर्वाधिक गोपनीय जो है,
वह बात सुनो मैं पुनः कहूँ ॥ 18.64 ॥

मन रख मुझमें तुम नमन करो,
बनो भक्त, आराधक मेरे।
सच है मुझको ही पाओगे,
यह वचन दिया, तुम प्रिय मेरे ॥ 18.65 ॥

तुम सब धर्मों का त्याग करो,
बस मेरी शरण ग्रहण कर लो।
मुक्त करूँगा सब पापों से,
करो न चिंता, बात मान लो ॥ 18.66 ॥

भक्त न हो, द्वेषी हो मेरा,
अथवा जो व्यक्ति तपरहित हो।
जिसे सुनने की इच्छा नहीं,
यह ज्ञान न बतलाना उसको ॥ 18.67 ॥

कोई यदि मेरे भक्तों को,
यह परम-रहस्य सुनाएगा।
वह मेरी परमभक्ति करके,
शक नहीं, मुझे ही पाएगा ॥ 18.68 ॥

उससे अच्छा करनेवाला,
कोई न मनुष्यों में होगा।
इस जग में उसकी तुलना में,
प्रिय अधिक नहीं कोई होगा ॥ 18.69 ॥

यह पवित्र संवाद हमारा,
यदि कोई पढ़ता है इसको।
मैं मानूँ वह पढ़ने वाला,
पूजे ज्ञानयज्ञ से मुझको ॥ 18.70 ॥

श्रद्धालु दोष-दृष्टिरहित[199] जो,
यदि श्रवणमात्र भी कर लेगा।
विमुक्त हो, पुण्यात्माओं के,
शुभ लोकों को वह पाएगा ॥ 18.71 ॥

पार्थ, सुना तुमने क्या इसको,
बस एकाग्रचित्त के द्वारा।
क्या इससे अब दूर हो गया,
अज्ञानजनित मोह तुम्हारा ॥18.72 ॥

अर्जुन ने कहा

ज्ञान मिला है, मोह मिटा है,
अच्युत, तुम्हारी कृपा द्वारा।
संशय मेरा दूर हुआ अब,
मानूँगा मैं कहा तुम्हारा ॥18.73 ॥

संजय ने कहा

वासुदेव का और पार्थ का,
मैंने यह संवाद सुना है।
संवाद बहुत ही अद्भुत यह,
रोमांचित करनेवाला है ॥ 18.74 ॥

व्यासजी की कृपा से मैंने,
गोपनीय परमयोग ऐसा।
साक्षात् योगेश्वर कृष्ण से,
सुना इसे, स्वयं कहा जैसा॥ 18.75॥

केशव-पार्थ की पुण्य-वार्त्ता,
राजन, यह संवाद अनोखा।
स्मरण बारंबार करूँ मैं,
बार-बार ही हर्षित होता॥ 18.76॥

हरि का अद्‌भुत रूप सोचकर,
राजन मैं आश्चर्यचकित हूँ।
स्मरण बार-बार मैं करता,
होता बार-बार हर्षित हूँ॥18.77॥

जहाँ भी योगेश्वर कृष्ण हों,
और हों धनुर्धर पार्थ जहाँ।
संपन्नता, विजय, विभूति[200] हो,
ध्रुवनीति[201] भी, मैं मानूँ वहाँ॥ 18.78॥

॥ इति श्री॥

संदर्भ—

162. लालसा युक्त
163. त्यागे जाने योग्य
164. शारीरिक
165. बुद्धिमान
166. कर्मफलों का त्याग न करनेवाला
167. उपनिषद्
168. शरीर
169. जीव

170. इंद्रियाँ
171. अध्यासीन देवता
172. जिसके द्वारा कोई पदार्थ जाना जा सके
173. जानने में आने वाला पदार्थ
174. जानने वाला
175. कपिल मुनि का सांख्यशास्त्र
176. आसक्त
177. असंयमित
178. संस्कारहीन
179. दुष्ट
180. द्वेषपूर्ण
181. शोकयुक्त
182. काम को टालने वाला
183. धारण करने की क्रिया या भाव
184. कर्म का मार्ग और मोक्ष का मार्ग
185. अविचल
186. धारणा-शक्ति
187. उन्माद, आलस्य और निद्रा से उत्पन्न
188. शास्त्रों और ईश्वर के प्रति आस्था एवं विश्वास
189. शूरवीर
190. प्रताप
191. देने योग्य पदार्थों को खुले हाथ से देने का स्वभाव
192. धारणा-शक्ति
193. निपुणता
194. किसी अन्य के करणीय कर्म
195. जिसने खुद पर वश कर लिया हो
196. जिसकी तृष्णा नष्ट हो गयी हो
197. सर्व-कर्म से निवृत्ति
198. अल्पाहारी (कम खाने वाला)
199. दूसरों में दोष ढूँढ़ने की प्रवृत्ति का अभाव
200. समृद्धि
201. अचल नीति

□□□